光文社文庫

妖異探偵小説集

旅情夢《む》譚《たん》

岡本綺堂

光 文 社

はしがき

この短編集はテリブルとかグロテスクとか云うたぐいの物語をあつめたもので、事実に多少の潤色を加えたのもあり、まったく作者の空想に出でたのもある。この種の物語にありがちの舶来品は一つもない。不完全ながらもことごとく和製である。いわゆる国産奨励の意味で、何分にもご愛読を願いたい。

ドイル先生はその著炉畔物語に序して――これらの物語は冬の夜に炉畔で読まれんことを望む。しかし如何《いか》なる時、いかなる場所においても、読者に興味を与《あた》うることが出来れば、作者は非常に満足する。――と云うようなことを述べていられたように記憶している。私などの書いたものは初めから何の註文もない。もちろん、そんな註文を持ち出す資格もない。いつどこでお読みなさろうとも御勝手次第である。ただ、一人でも愛読者の多からんこと、それが作者の切に願うところである。

大正九年七月　　岡本綺堂

著者肖像（昭和十年、六十三歳）

目次

山椒《さんしょう》の魚《うお》

「早いもので、あの時からもう十五年になる」と、北井《きたい》君が話し始めた。「僕がまだ学生時代で、夏休みの時に木曽《きそ》の方へ旅行したことがある。八月の初旬《はじめ》で、第一日は諏訪《すわ》に泊まって、あくる日は塩尻《しおじり》から歩き出した。中央線は無論に開通していない時分だから、詰襟《つめえり》の夏服に脚絆《きやはん》、草鞋《わらじ》、鍔《つば》の広い麦藁帽《むぎわらぼう》をかぶって、肩に雑嚢《ざつのう》をかけて、木の枝を折ったステッキを持って、むかしの木曽街道をぶらぶらと辿《たど》って行くと、暑さに中《あた》ったのかどうも気分がよくない。用意の宝丹《ほうたん》などを取り出してふくんでみたが、そのくらいのことでは凌《しの》げそうもない。なんだか頭がふらふらして眩暈《めまい》がするように思われるので、ひどく勇気が阻喪《そそう》してしまって、まだ日が高いのに途中の小さい駅《しゅく》に泊まることにして、駅の入口の古い旅籠屋《はたごや》にころげ込んで、ここで草鞋をぬいでしまった。すると、ここに妙な事件が出来《しゅったい》したのさ」

汽車がまだ開通しない時代でも、往来の旅人はあまり多くないとみえて、ここらの駅は随分さびれていた。殊《こと》に僕が草鞋をぬいだこの駅というのは、むかしからの間《あい》の駅《しゅく》で、一体が繁昌《はんじょう》しない土地であったらしい。

　僕の泊まった旅籠《はたご》屋はかなりに大きい家作りではあったが、いかにも煤《すす》ぼけた薄暗い家《うち》で、木曽の気分を味わうには最も適当な宿だと思われた。それが僕にはかえって嬉しかったので、足を洗って奥へ通ると、十五、六の鄙《ひな》びた小女が二階の六畳の間へ案内してくれた。すぐに枕を借りて一時間ほど横になっていると、いい塩梅《あんばい》に気分はすっかり快《よ》くなってしまった。

　懐中時計を出してみると、まだ午後四時にならない。この日の長いのに余り早く泊まり過ぎたとも思ったが、今さら草鞋を穿《は》き直して次の駅まで踏み出すほどの勇気もないので、どの道ここで一夜をあかすことに決めて、明かるいうちにそこらの様子を見て来ようと思い立って、宿の浴衣《ゆかた》を着たままで表へふらりと出て行った。

　別に見るところというのもないので、挽地物《ひきじもの》の店などを素見《ひやか》して、駅のまん中を一巡して帰ろうとすると、女学生風の三人連れに出逢った。どの人も十八、九くらいの若い女達で、修学旅行にでも来て、どこかの旅籠屋に泊まって、僕とおなじように見物ながら散歩に出て来たらしく見えた。

　すれ違ったままで、僕は自分の宿に帰ると、入口に二人の学生風の若い男が立ってていて、土地の商人《あきんど》を相手になにか買い物でもしているらしいので、僕はなに心なく覗いてみると、商人は短い筒袖に草鞋ばきという姿で、なにか盤台《はんだい》のようなものを列《なら》べていた。魚屋かしらと思ってよく視《み》ると、その盤台の底には少しばかり水を入れて、うす黒い無気味な動物が押し合って、うずくまっていた。それは山椒《さんしょう》の魚《うお》であった。

箱根ばかりでなく、ここらでも山椒の魚を産することは僕も知っていたので、しばらく立ち停まって眺めていると、学生の一人はさんざん素見した末に、とうとうその一匹を買うことになったらしい。生きた山椒の魚を買ってどうするのかと思いながら、僕はその落着《らくちゃく》を見とどけずに内へ入ってしまったが、学生達は大きい声でげらげら笑っていた。

「お風呂が沸きました」

かの小女が知らせに来たので、僕はあたかも書き終った日記の筆を措《お》いた。手拭いをぶらさげて下の風呂場へ降りてゆくと、廊下で若い女に出逢った。それは駅のまん中で先刻《さっき》見かけた女学生の一人であるので、かの一組もやはり同じ宿に泊まりあわせているのだということを僕は初めて知った。

木曽は水の清いところであるから、いい心持ちで湯風呂に浸って、一日の汗を洗い流して上がって来ると、ひと間隔《へだ》てた次の座敷でなにかどっと笑う声がまた聞こえた。よく聞き澄ますと、それは宿の入口で山椒の魚を買っていたかの学生達で、買って来たその動物をなにかの入れ物に飼おうとして立ち騒いでいるらしかった。僕は寝ころびながら、その笑い声を聞いていた。

そのうちに夕飯の膳を運んで来たので、僕はうす暗いランプの下で箸《はし》をとった。飯を食ってしまって縁側へ出てみると、黒い山の影が額を圧するようにそそり立って、大きい星が空いっぱいに光っていた。どこやらで水の音がひびいて、その間に機織《はたお》り虫《むし》の声もきれぎれに聞こえた。

「山国の秋だ」

こう思いながら僕は蚊帳《かや》に入った。昼の疲れでぐっすり寝入ったかと思うと、騒がしい物音におどろかされて醒《さ》めた。

かの学生達はなんのために山椒の魚を買ったのかということが今判《わか》った。彼等は動物学研究のためでも何でもない。下座敷《したざしき》に泊まっている三人の女学生をおどそうという目的で、かの奇怪な動物を買い込んだのであった。

若い女学生達は下座敷のひとつの蚊帳の中に寝床を並べている。その枕もとへ山椒の魚をそっと這い込ませて、彼女等にきゃっと云わそうという悪戯《いたずら》で、学生のひとりは夜の更《ふ》けるのを待って、新聞紙に包んだ山椒の魚を持って下座敷へ忍んで行って、それが首尾よく成功したらしく、かの女学生達は夜中にみんな飛び起きて悲鳴をあげるという大騒ぎを惹《ひ》き起こしたのであった。

どこの学生だか知らないが、帰省の途中か、避暑旅行か、いずれにしても若い女達に対して飛んでもない悪戯《いたずら》をしたものだと、僕は苦々《にがにが》しく思いながら再び枕につくと、さらに第二の騒動が出来した。山椒の魚におどろかされた女学生達は、その正体が判ってようよう安心して、いずれも再び枕につくと、そのうちの二人が急に苦しみ出した。

宿でもおどろいて、すぐに近所の医師を呼んで来ると、なにかの食物の中毒であろうという診断であった。しかしその一人は無事で、そのいうところによると、三人は昼間から買い食いなどをした覚えもない。単に宿の食事を取っただけであるから、もし中毒したとすれば宿の食物のうちに何か悪いものがまじっていたに相違ないとのことであった。

医師はとりあえず解毒剤をあたえたが、二人はいよいよ苦しむばかりで、夜のあけないうちに枕をならべて死んでしまった。こうなると、騒ぎはますます大きくなって、駐在所の巡査もその取り調べに出張した。

女学生達の夕飯の膳に出たものは、山女《やまめ》の塩焼と豆腐のつゆと平《ひら》とで、平の椀には湯葉《ゆば》と油揚《あぶらげ》と茸《きのこ》とが盛ってあった。茸は土地の者も名を知らないが、近所の山に生えるものでかつて中毒したものはないというのであった。ことにおなじ物を食った三人のうちで一人は無事である。悪戯者の学生二人も、僕もやはりそれを食わされたのであるが、今までのところではいずれも別条がない。そうして見ると、きっと食物のせいだとは云われまいと、旅籠屋の方で主張するのも無理はなかった。

しかし何といっても人間二人が一度に変死したのであるから容易ならぬ事件である。駐在所だけの手には負えないで、近所の大きい町から警部や医師も出張して、厳重にその取り調べを開始することになった。ゆうべ悪戯をした学生達もこの旅籠屋を立ち去ることを許されなかった。

その中で僕だけは全然無関係であるから、自由に出発することが出来たのであるが、この事件の落着がなんとなく気にかかるので、僕ももう一日ここに滞在することにして、一種の興味をもってその成り行きをうかがっていると、午飯《ひるめし》を食ってしまった頃に、近所の町から東京の某《ある》新聞社の通信員だという若い男が来た。

商売柄だけに抜け目なくそこらを駈け廻って、なにかの材料を見つけ出そうとしているらしく、僕の座敷へも馴れなれしく入って来て、なにか注意すべき材料はないかと訊いた。訊かれても僕はなんにも知らない、かえって先方からこんな事実を教えられた。

「あの女学生は東京の○○学校の寄宿舎にいる人達で、なにか植物採集のためにこの地へ旅行して来たのだそうです。死んだ二人は藤田《ふじた》みね子と亀井兼子《かめいかねこ》、無事な一人は服部近子《はっとりちかこ》、三人ともに平常《ふだん》から姉妹同様に仲よくしていたので、今度の夏休みにも一緒に出て来たところが、二人揃ってあんなことになってしまったものですから、生き残った服部というのは、まるで失神したようにただぼんやりしているばかりで、なにを訊いても要領を得ないのには警察の方でも弱っているようです」

「なにしろ気の毒なことでしたね」と、僕は顔をしかめて云った。実際、若い女学生が二人までも枕をならべて旅に死ぬというのは、あまりに悲惨の出来事であると思った。

「ところで、その前に山椒の魚の騒ぎがあったそうですね」と、通信員は囁《ささや》いた。「それとこれと何か関係があるのでしょうか。それとも全然無関係なんでしようか。あなたの御鑑定はどうです」

それも僕にはまるで見当がつかなかった。かの悪戯と変死事件との間に、なんらかの脈絡があるかないか、それはすこぶる研究に値する問題であるとは思いながらも、その当時の僕には横からも縦からもその端緒《たんしょ》をたぐり出しようがなかった。

「一体あの学生達はどこの人です。やはり東京から来たんですか」

「そうです」と、通信員はさらに説明した。「勿論、ここへ別々に来たのですが、一方の女学生達とは東京にいるときから知っていて、偶然にここで落ち合ったらしいのです」

「では、前から知っているんですか」と、僕も初めてうなずいた。

いくら悪戯好きの学生達でも、さすがに見ず知らずの女達に対してあんなことをする筈《はず》がない。前からの知合いと判って、僕もはじめて成る程と得心した。彼等の悪戯に対して、相手の方でも深く咎《とが》めなかった理由もそれで覚《さと》られた。

「学生の一人は遠山《とおやま》、ひとりは水島《みずしま》というんです」と、通信員はまた教えてくれた。「どっちも同い年で、宿帳には二十一歳としるしてありました。二人とも徒歩で木曽街道を旅行して、それから名古屋へ出て、汽車で東京へ帰る予定だということです。ただそれだけのことで、別に怪しい点もないんですが、かの女学生達と前から知り合いであるというので、警察の方でも取り調べ上の参考として必要な人間でもあり、もう一つはその晩に例の山椒の魚の一件があるので、かたがた抑留《ひきと》められているのですが、わたしの考えでは、あの学生達は単に懇意《こんい》という以上に、女学生達と親密な関係があるのじゃないでしょうか。あなたはそんな形跡を認めませんでしたか」

「知りませんね」

なにを訊かれても一向に要領を得ないので、通信員の方でも見切りをつけたらしく、いい加減に話を打ち切って僕の座敷を出て行ってしまった。しかし、かの通信員からこれだけのヒントを与えられて、いかにぼんくらの僕でも少しは眼の先が明るくなった。もし彼が想像する通りに、かの男女学生等の間に普通以上の交際があるとすれば、二人の女学生の変死も単に食物の中毒とばかりは認められないように思われて来た。

そんなら誰がどうして殺したのか、二人の学生が二人の女学生を毒殺したのか。なんの目的でそんな怖ろしいことを仕いだしたのか。単純な僕の頭脳《あたま》では、やはりその疑問を解決することは出来そうもなかった。

僕はともかくも二階を降りて行って、下の様子をそっと窺うと、二人の学生は女学生達の死体を横たえている八畳のうす暗い座敷に坐って、ゆうべとはまるで打って変わったような凋《しお》れ切った態度で、白い布をかけてある死体を守っているらしかった。

その傍には眼を泣き腫《は》らした女学生の一人がしょんぼりと坐っていた。宿の者が供《そな》えたらしい線香の烟《けむり》が微《かす》かになびいて、そこには藪蚊《やぶか》のうなり声も聞こえないほどに森閑《しんかん》と静まり返っていた。

宿の者の話によると、けさ早々に東京へ電報を打ったのであるから、今夜か、あるいは明日の早朝には死体を引き取りに来るのであろうとのことであった。

日が暮れて風呂に行くと、かの通信員もあとから入って来た。彼は今夜もこの旅籠屋に泊まり込みで、事件の真相を探り出すのだと云っていた。

「女学生はたしかに毒殺ですよ」と、彼は風呂のなかで囁いた。「私は偶然それを発見したので、警察の人にもそっと注意しておきました」

「毒殺ですか」と、僕は眼を瞠《みは》った。

「その証拠はね」と、彼は得意らしくまた囁いた。「私が午後に郵便局へ行って、その帰りに荒物屋へよって煙草を買っていると、そこの前に遊んでいる子供達から、こういうことを聞き出したのですよ。昨日の午頃に三人の女学生が近所の山から降りて来た。どの人も手にはいろいろの草花を持っていたが、そのなかにどこで採ったのか沢桔梗《さわぎきょう》を持っている者があるのを、通りかかった子供が見つけて、姐《ねえ》さんそれは毒だよと注意したそうです。沢桔梗の茎からは乳のような白い汁が出て、それは劇《はげ》しい毒をもっているので、ここらでは孫左衛門《まござえもん》殺しとかいって、子供でも決して手を触れないことにしているんです。女学生達も毒草ときいて吃驚《びっくり》したらしく、みんな慌ててそれを捨ててしまったそうです。さあ、そこですよ。すでに毒草と知った以上は、あやまって口へ入れる筈はありません。ねえ、そうでしょう。おそらく三人のうちの誰かがそれをそっと持って帰って食わせたと……。まあ、判断するのが正当じゃありますまいか。勿論それは沢桔梗の中毒と決まった上のことですが、どうも前後の事情から考えると、女学生と毒草と、その間に何かの関係があるように認められるじゃありませんか」

「そうなると、生き残った女学生が第一の嫌疑者ですね」

「そうです。服部近子という女、彼女が第一の嫌疑者です。それから遠山という学生は死んだ女学生の亀井兼子とおかしいのですよ。なんでも往来なかで行き違ったときに、両方で花を投げ合って巫山戯《ふざけ》ていたといいますからね」

「もう一人の学生はどうです」

「さあ、水島の方はどうだか判りません。それが藤田みね子と関係があれば、うまく二組揃うのですがね」と、彼は微笑を洩らしていた。

二階へ帰ってから僕はまた考えた。だんだんに端緒《いとぐち》は開けて来ながら、僕にはやはりそれ以上の想像を逞《たく》ましゅうすることが出来なかった。僕は自分の頭脳《あたま》の悪いのにつくづく愛想をつかした。通信員の密告が動機になったのかどうか知らないが、生き残った服部近子は駐在所へ呼び出されて、なにか厳重の取り調べを受けているらしく、夜の更けるまで帰って来なかった。八月の初めというのに、その晩は急に冷えて来て、僕は夜半《よなか》に幾たびか眼をさました。

あくる日の午前中に東京から三人の男が来た。一人は学校の職員で、他の二人は死者の父と叔父とであるということを、僕は宿の女中から聞かされた。

三人は蒼《あお》ざめた、落ち着かない顔をして、旅籠屋と駐在所との間を忙しそうに往復していたが、その日もやがて暮れ切った頃に二人の若い女の死体は白木の棺《ひつぎ》に収められて、旅籠屋の門口《かどぐち》を出た。連れの女学生一人と、東京から引き取りに来た男三人と、宿の者も二人付き添って、町はずれの方へ無言でたどって行った。学生二人も少しおくれて、やはりその一行のあとにつづいて行った。

僕も宿の者と一緒に門口まで見送ると、葬列に付き添って行く宿の者の提灯《ちょうちん》二つが、さながら二人の女の人魂《ひとだま》のように小さくぼんやりと迷って行った。僕もなんだか薄ら寂しい心持ちになって、その灯の影をいつまでも見つめていると、うしろから不意に肩をたたく人があった。

「まずこれでこの事件も解決しましたね」

それは、かの通信員であった。

「どういうことに解決したんです」

「あなたのお座敷へ行ってゆっくり話しましょう」

彼は先に立って内へ入った。僕もつづいて二階にあがると、彼は懐中から一冊のノート・ブックを取り出して自分の膝の前において、それからおもむろに話し出した。

「私の鑑定は半分あたって半分はずれましたよ。二人の女学生の死んだ原因はやはり沢桔梗でした。亀井兼子が遠山と関係のあったのも事実でした。それだけはみな当たったのですが、肝腎の犯人は生き残った服部近子でなく、兼子と一緒に死んだ藤田みね子であったのです。それが実に意外でした。彼女がなぜ自分の親友を毒殺したかというと、やはりかの遠山という学生の為だということが判ったのです」

「では、みね子も遠山に関係があったんですか」

「なにぶんにも死人に口なしで、二人の関係がどの程度まで進んでいたかということははっきり判りませんが、とにかくみね子が遠山に恋していたのは事実です。ところが、一方の兼子も遠山に恋していて、両者の関係がだんだん濃厚になって来るので、表面は姉妹同様に睦《むつ》まじくしていても、みね子はひそかに兼子を呪っていたらしい。それでもまさかに彼女を殺そうとも思っていなかったでしょうが、あいにくにこの旅行さきで遠山に偶然出逢ったのが間違いのもとで、兼子はなんにも知らないから、遠山にここで出逢ったのを喜んで、みね子の見ている前でも随分遠慮なしに巫山戯《ふざけ》たりしたらしい。そこでみね子はかっとなって急におそろしい料簡――それも恐らく沢桔梗を毒草と知った一刹那――むらむらとそんな料簡が起こったのでしょう。夕飯の食物の中にその毒草の汁をしぼり込んで、兼子を殺そうと企てたのです」

「そうして、自分も一緒に死ぬつもりだったんですかしら」と、僕は少し首をかしげた。

「そこが問題です。警察の方でもいろいろ取り調べた結果、これだけの事情は判明したのです。その晩、宿の女中が三人の膳を運んでくると、みね子はわざわざ座敷の入口まで起《た》って来て、女中の手からその膳をうけ取って、めいめいの前へ順々に列べたそうです。その間になにか手妻《てづま》をつかって、彼女は毒をそそぎ入れたものと想像されるのです。給仕に出た女中の話によると、三人が膳の前に坐っていざ食いはじめるという時に、みね子はついと起って便所へ行ったそうです。それから帰って来て、再び自分の膳の前に坐った時に、あたかもその隣にいた近子が平の椀に箸をつけようとすると、みね子はその椀の中を覗いて見て、あなたのお椀の中にはなんだか虫のようなものがいるから、私のと取り換えてあげましょうといって、その椀と自分の椀とを膳の上に置き換えてしまったという。それらの事情から考えると、恋仇《こいがたき》の兼子一人を殺しては人の疑いを惹《ひ》くおそれがあるので、罪もない近子までも一緒にほろぼして、なにかの中毒と思わせる計画であったらしい。女はおそろしいものですよ」

「そうですね」

僕は思わず戦慄《せんりつ》した。

「それでも良心の呵責《かしやく》があるので、彼女は膳に向かうと、また起った。そこに二様の判断がつくんです」と、彼は更に説明した。「彼女が座敷へ戻るまでの間に、果たしてどう考えたかが問題です。急におそろしくなって止めようとしたか、それともあくまでも決行しようと考えていたか、そこはよく判らない。一旦は中止しようと思ったが、兼子がもうその椀に箸をつけてしまったのを見て、今さら仕様がないと決心して、自分も一緒に死ぬ覚悟で近子の椀を取ったのか。あるいは兼子を殺すのは最初からの目的であるが、罪もない近子がなんにも知らずにその毒を食おうとするのを見て、急に堪《たま》らなくなってその椀を自分のと取り換えたのか、いずれにしても、毒と知りつつその椀に箸をつけた以上、彼女も生きる気はなかったに相違ない。みね子が椀を取りかえたのは、給仕の女中ばかりでなく近子自身も認めている。そこへあたかも山椒の魚の問題が起こったので、事件はひどく紛糾《こんがらか》ったのですが、それは一種の余興に過ぎないことで、毒草事件とは全く無関係であるということが後でようやく判明したのです。近子は遠山と二人の友達との関係をよく承知していたらしいのですから、初めに早くそれを云ってくれると、もう少し早く解決がついたのですが、あくまでも秘していたもんですから、その取り調べが面倒になってしまったのです。遠山もそうです。初めに早く白状すればいいんですが、これもなるべく隠そうとしていたもんですから、警察にも余計な手数をかけた訳です。それでも遠山は兼子との関係をとうとう白状しましたが、みね子との関係は絶対に否認していました。どっちが真実《ほんとう》だか判りませんよ」

「しかしそれだけ判れば、あなたの御通信には差し支えないでしょう」

「ところがいけない。実に馬鹿を見ましたよ」と、彼は不平らしく云った。「学校の方では勿論、死んだ二人の遺族の者も、この秘密をどうぞ発表してくれるなと警察の方へ泣きついたものですから、表面は単になにかの中毒ということになってしまうらしいのです。それじゃあ面白い通信も書けませんよ。私も頼まれたから仕方がない。名の知れない茸の中毒ぐらいのことにして、短く五、六行書いて送るつもりです」

通信員はあくる朝早々に出て行った。僕も同じ町の方へ向かってゆくので、一緒に連れ立って出発した。その途中で彼は指さして僕に教えた。

「御覧なさい。あすこでも山椒の魚を売っていますよ」

僕はその醜怪な魚の形を想像するに堪えなかった。それが怖ろしい女の姿のように思われて――。

剣《けん》魚《ぎょ》

一

「へへえ、お珍しいステッキでございますねえ」
宿のお島《しま》さんが頓狂《とんきよう》な声を出したので、僕も吃驚《びつくり》して振り向いた——と、萩《はぎ》原《わら》君は私に話した。

それは萩原君が上総《かずさ》ももう房州《ぼうしゆう》近い小さい町の某《ある》海水浴旅館に泊まったときの出来事である。

この頃はどうだか知らないが、その当時は海水浴旅館といっても頗《すこぶ》る不完全なもので、相当に開けた大きい町を近所に持っているだけに、すべての繁昌《はんじよう》をそっちへ吸い寄せられて、ここの町はあまり振るわないらしかった。萩原君はむしろその寂しいのをえらんで、ここの小さい不完全な宿にひと夏を過ごしたのであった。

それでも宿には三人の女中がいた。いずれも土地の者で、あまり気のきいたのは少なかったが、その頭《かしら》に立っているお島さんは深川《ふかがわ》の生まれだというだけに、身体はいやにでぶでぶ肥《ふと》っていたが、どこにか小粋《こいき》なところがあって、人間もはきはきしていた。年はもう二十七、八の世帯崩《くず》しらしい女で色のあさ黒い、眼つきのちょっと可愛らしい、まずここらの宿の女中頭としては申し分のない資格を具《そな》えていた。

こういうと、ひどくお島さんに肩を入れるようだが、実際逗留《とうりゆう》中はお島さんの世話になったよ。なかなかよく気のつく人でね——と、萩原君は更に説明した。

そのお島さんが突然《だしぬけ》にステッキを褒《ほ》めたので、僕も振り返って、そのステッキとステッキの持ち主とをじろりとみると、ステッキの持ち主は三十くらいの紳士で、すこし痩《や》せた蒼白《あおじろ》い顔に金縁《きんぶち》の眼鏡《めがね》をかけていた。九月ももう末で、朝晩は少しひやひやする風が吹くので、この紳士はセル地の単衣《ひとえもの》に縮緬《ちりめん》の兵児帯《へこおび》を締めていた。

さてその次は問題のステッキだ。なるほどお島さんが不思議がるのも無理はない、僕も実は初めて見た。長さは四尺《しやく》ぐらいで、色のうす白い、丸い、細長い、動物の角か牙のようにも見えるものであった。

「なんでしょうねえ。なにかの角ですかしら」と、お島さんはステッキをひねくって眺めていると、青年紳士はにやにや笑っていた。

「それはね、亜米利加《アメリカ》へ行ったときに買って来たんだ。それでも、外国では風流な人が持つのだそうだ」

「一体なんでございます」

「なんということはない。まあ、こんなものさ。ははははは」

説明して聞かせても判るまいといったような顔をして、紳士は笑いながらそのステッキを振って、表へぶらぶら出て行ってしまった。お島さんはまだ気になると見えて、今度はそばに立っている僕の方へ話を向けた。

「ねえ、萩原さん。あれは何でしょうね」

「さあ、獣の角か魚の歯か、何かそんなものらしいね」

「あんな長い歯や口嘴《くちばし》があるでしょうか」

「そりゃないとも限らない。ウニコールもあるからね」

「ウニコールって何です」

僕も面倒になって来たので、かの紳士とおなじようにいい加減な返事をして表へ出てしまった。お島さんに向かってウニコールの講釈をしているよりも、早く海岸へ出て夕方の涼しい空気を呼吸したいと思ったからであった。

表へ出て、まだ一間《けん》とは歩き出さないうちに、うしろからお島さんが追いかけて来た。

「萩原さん、これあなたのじゃありませんか」

入口の土間に落ちていたといって、お島さんは新しいハンカチーフを拾って来て見せた。

「僕のじゃない」

「じゃあ、あの水沢《みずさわ》さんのに違いない。あなたも海岸へ行くなら同じ道でしょう。途中で逢ったら届けてあげて下さいな」

ハンカチーフを僕の手に押し付けて、お島さんは内へ引っ込んでしまった。夏の初めから三月あまりも逗留して家の人達ともみんな心安くなっているので、お島さんも遠慮なしにこんな用を云い付けたのであろうが、云い付けられた僕はあまり有難くなかった。

妬《や》くわけではないが、一週間前からここに泊まっているかの水沢という青年紳士に対して、お島さんがいやにちやほやするのが少し気になった。お島さんが水沢を歓待するのは、御祝儀をたんと貰《もら》ったという単純な理由以外に、なにかの秘密が忍んでいるらしくも思われるので、僕もなんだかおかしくもあった。

「へん、いい面《つら》の皮だ」

僕はそのハンカチーフを袂《たもと》へ押し込んで、町から海岸の方へ出ると、水沢のうしろ姿は一町《ちょう》ほど先に見えた。呼吸《いき》を切って追いかけて行くのもばかばかしいと思ったので、僕は相変わらずぶらぶら歩いて行くと、青い大空には秋の雲が白く流れて、頭の上はまだなかなか暮れそうもなかったが、水の上は磯端《いそばた》の砂の色とおなじように薄暗くにごって来た。沃度《ヨード》を採るために海草を焚く白い煙が海の方へ低くなびいていた。

僕はだんだんに暗くなっていく海の色をしばらく眺めていた。頭の上の白い雲が雪のように溶けて消えるのをぼんやりと見あげていた。それから気がついてふと見ると、水沢は僕よりも半町ほども左に距《はな》れたばらばら松の下に立って、誰かと立ち話をしているらしかった。相手は誰だか判らない、男か女かもわからない。

僕は一種の好奇心に誘われたのと、もう一つにはお島さんから頼まれたハンカチーフの使いを果たさなければならないと思ったのとで、足音のしないように砂浜を伝《つた》って、その松の立っている方へそろそろと歩いて行った。

水沢と向かい合っているのは、確かに若い女であるらしかった。うす暗いのでその顔はよく見えなかったが、その背格好をうかがって僕はすぐに覚った。それは近所の大きい町から来た若い芸妓《げいしゃ》である。ゆうべ水沢は宿の奥二階で酒を飲んで、芸妓を呼んでくれと云い出した。

お島さんはよほどそれに反対したらしかったが、なにを云うにも客の注文であるので、結局その命令通りに芸妓を呼ぶことになった。土地には芸妓というものは住んでいないので、そういう場合にはいつも隣の町から呼び寄せるのが習いで、雛子《ひなこ》とかいう若い芸妓が乗り込んで来た。僕は廊下ですれ違ったが、その雛子というのはまだ十八、九で、色の白い、見るからおとなしそうな、お嬢さんのような女であった。

紳士と芸妓との話はだいぶ持てたらしかった。お島さんの顔色は悪かった。なんだか泊まって行きたそうにぐずぐずしている芸妓を、お島さんは時間の制限を楯《たて》にして、無理無体に追い返してしまった。そうして、ここらの芸妓は風儀が悪くていけないと陰でののしっていた。そのときは僕もまったくおかしかった。

とにかくそういう事情があるので、今この松のかげで囁いている水沢の相手の女は、きっとあの雛子に相違あるまいと僕は鑑定した。おそらく二人の間に何かの約束があって、ここで出逢うことになったのであろう。こういうところをお島さんに見せつけてやりたいと僕は思った。

そのうちに二人は松のかげを離れて、磯端の方へ歩き出した。僕は呼びとめてかのハンカチーフを渡そうかと思ったが、ここで二人をおどろかすに忍びないような気がしたので、黙ってしばらく躊躇していると、男は女の手をとって磯端にある小舟に乗り込んだ。そうして、櫂《かい》を操って沖の方へだんだんに漕いで行った。

今夜は月夜の筈《はず》である。青年紳士と若い芸妓とは月の明るい海の上に小舟をうかべて、心ゆくまでに恋を語るつもりかも知れない。

僕もうらやましい心持ちで、その舟のゆくえをじっと見送っていたが、今夜の風は涼しいのを通り越して、なんだか薄ら寒くなって来たので、動《やや》もすると風邪をひきやすい僕は早々にここを立ち去って、町の方へ引っ返して来た。

宿へ帰って風呂に入っていると、お島さんは風呂の入口から顔を出した。

「あのハンケチを届けて下すって……」

「いや、追いつかないので止めたよ」

「追いつかないので……。水沢さんはどこへ行ったんです」

「海の方へ行ったよ。小舟に乗って……」

「一人で……」

「むむ、一人で漕いで行ったよ」

「まあ、漕げるんでしょうか」

「そうらしいね」

それぎりでお島さんは行ってしまった。僕はやがて風呂からあがって、自分の座敷へ戻ってくると、女中のお文《ふみ》さんが夕飯の膳を運んで来た。

「お島さんがあなたのことを嘘つきだと云っていましたよ」と、お文さんは給仕をしながら笑っていた。

「なぜだろう」と、僕も笑っていた。

「だって、ハンケチを水沢さんに届けてくれとあなたに頼んだら、舟に乗って行ってしまったなんて云って、届けてくれなかったというじゃありませんか」

「ほんとうに舟に乗って行ったんだよ」

「ほんとうですか」

「嘘じゃない。帰って来たら訊いて見たまえ、僕は確かに見たんだから」

飯を食いながら僕はお文さんに訊いてみた。

「お島さんはなぜ水沢さんのことばかり気にしているんだ。え、おかしいじゃないか」

お文さんは黙って笑っていた。

「え、お島さんは水沢さんに思《おぼ》し召《め》しがあるんだろう。もう出来ているんじゃないか」

「ほほ、まさか」と、お文さんは笑い出した。

お島さんが特別に水沢を歓待《もてな》していることは、家中の女中たちもみな認めているらしかった。しかしここの家は非常に物堅いから、客と女中との間にそんな間違いのあった例《ためし》は一度もないと、お文さんは保証するように云った。

「いくら主人が堅くっても当人同士の相対《あいたい》ずくなら仕方がないじゃないか」と、僕も笑ってやった。

ハンカチーフを届けてやらなかったということが、よほどお島さんのご機嫌を損じたらしく、今夜に限ってお島さんは一度も僕の座敷に顔を見せなかった。十時の時計を合図に、僕はお文さんに床を敷いてもらって、これから寝衣《ねまき》に着換えようとしていると、表の方が急に騒がしくなって、人の駈けて行く足音が乱れてきこえた。

「火事かしら」

「ここらに火事なんか滅多にありませんが……」と、お文さんも不思議そうに耳を引き立てていた。

「それとも大漁かな」

「そうかも知れません」

表はいよいよ騒がしくなったので、お文さんは降りて行った。

二

「あなた、人が殺されたんだそうです」

お文さんはやがて引っ返して話した。

「人が殺された。喧嘩でもしたのか」

「芸妓が舟のなかで殺されたんですって」

僕の頭脳《あたま》には、紳士と芸妓とを乗せた小舟の影がすぐに映った。

「なんという芸妓が誰に殺されたんだ」

「そこまでは聞いて来ませんでしたが……」

じれったくなったので、僕は一旦ぬいだ着物を再び引っかけて、急ぎ足に二階を降りると、店の入口にお島さんが蒼《あお》い顔をして立っていた。お島さんは僕を見ると、駈けて来て低声《こごえ》で訊いた。

「あなた、水沢さんはほんとうに舟に乗って行ったんですか」

「ほんとうさ」

「一人でしたか」

この場合、なまじいに隠すのは良くないと思ったので、僕は正直のことを話すと、お島さんはいよいよ蒼くなった。

「あなた、浜へ見に行くんですか」

「むむ、行ってみる」

「一緒に行きましょう」

お島さんはゆるんだ帯を引き上げながら、僕のあとから付いて来た。そこらの家からも男や女が駈け出して行った。ばらばら松の下では二ヵ所ばかりの篝火《かがりび》を焚いて、大勢の人影が黒く動いていた。がやがや云い罵る人声が浪にひびいて聞こえた。お島さんはもう気が気でないらしい、僕を途中に置き去りにして、夏の虫のように篝火の影を慕って駈け出した。

そこにはもう警官が出張していた。そうして、僕の想像通りに真っ白な雛子の顔が篝火の下に仰向けになっていた。夜網の漁師たちが沖へ漕ぎ出すと、主《ぬし》のない一艘《そう》の小舟がゆらゆらと漂《ただよ》っているので、不思議に思って漕ぎよせてみると、船の底には若い女が倒れていた。女は両手にしっかりと櫂をつかんでいた。よくみると、女は脇腹を深く貫かれて、腰から下は血だらけになっているので、漁師たちも驚いた。

それから浜中の騒ぎになって、大勢があつまって来ると、磯端へ引きあげられた女の顔には見識り人があった。彼女は近所の町の雛子という若い芸妓であることが判った。しかし雛子がどうして海へ乗り出して、何者に殺されたのか、誰にも想像が付かなかった。篝火の下の死骸を遠巻きにしている人達は思い思いの推量をくだして、がやがやと立ち騒いでいた。

雛子がどうして海へ出たのか。何者に殺されたのか――その秘密を知っている者はおそらく僕一人かも知れない。そのほかには、僕の話を聞いているお島さんだけであろう。二人が口を結んでいれば、この秘密は容易に知れそうもなかった。

僕が篝火のそばへ近づいた時に、お島さんはまたどこからか現れて来て、僕にからだを摺り付けるようにして立っていた。火に照らされたお島さんの顔は緊張していた。そうして、いつもの可愛らしい眼をけわしくして、ときどき僕の顔色を横眼に睨んでいるのは、僕の口からいつその秘密があばかれるかも知れないという大いなる恐怖《おそれ》を懐《いだ》いているらしかった。僕もしばらく黙って見ていると、お島さんはやがて僕の袂《たもと》を強く曳《ひ》いた。

「萩原さん。もう行きましょうよ」

僕はやはり黙って見物の群れから出た。篝火の影からだんだんに遠くなると、お島さんは暗いなかで僕に囁いた。

「あの芸妓はどうして殺されたんでしょう」

「さあ」

「あなた、後生《ごしょう》ですから誰にもなんにも云わずに下さいな」と、お島さんは訴えるように云った。

「なにを黙っているんだ」

「水沢さんと一緒に舟に乗ったことを……」

「云っちゃ悪いか」

「おがみますから、云わないでください」

「お島さんは水沢さんとどういう関係があるんだ」と、僕は意地わるく訊いてみた。

「別になんにも関係はありませんけれど……」

「ただ、水沢さんが可愛いからか」

「察してください」

「なんでもない人に、それほど実《じつ》を尽くすのか」

「それがあたしの性分ですから。それがために東京にもいられなくなって、上総三界《さんがい》までうろついているんですから」

僕はなんだかお島さんが可哀そうにもなって来たので、今夜のことは誰にも云うまいととうとう約束してしまった。

「それにしても水沢さんはどうしたろう」

「どうしたでしょうか」と、お島さんは溜め息をついた。「海へ飛び込んで逃げたんじゃありませんかしら」

「そうかも知れない。それにしても、あのステッキはどうしたろう」

「あなた、見ませんでしたか。巡査があのステッキの折れたのを持っていたのを……。船の中に落ちていたんですって……。何でもところどころに血が付いていたそうですよ」

「そうすると、芸妓の方では櫂を持って、二人で叩き合ったんだね」

「そうかも知れませんねえ」

二人は宿へ帰った。僕は素知らぬ顔をして自分の座敷へはいって、寝床のなかへもぐり込んだが、今夜は眼が冴えて寝つかれなかった。

水沢はなぜあの芸妓を殺したのであろう。他愛もない痴話喧嘩の果てに、思いもつかない殺人罪を犯したので、かれもおどろいて入水《じゆすい》したのではあるまいか。泳いで逃げたか、覚悟の身投げか、あれかこれかと考えていると、夜は十二時を過ぎた頃であろう、障子の外から低い声がきこえた。

「萩原さん。もうお寝《やす》みですか」

「お島さんか」と、僕は枕をあげた。

返事の声を聞いて、お島さんはそっと障子をあけた。そうして、僕の枕辺《まくらもと》へいざり寄って来た。

「あの、水沢さんが帰って来ましたよ」

「帰って来た。どんな様子で……」

「帳場はもう寝てしまったんですけど、あたしは何だか気になりますから、始終表に気をつけていると、誰か表のところへ来てばったり倒れた人があるらしいんです。それからそっと出てみると、水沢さんはびしょ濡れになって倒れていましたから、介抱して座敷へ連れ込んだのですが、なんだかきょときょとしているばかりで碌《ろく》に口もきかないんです。どうしたんでしょう」

「まあ、そっと寝かして置くより仕方がない。ここで騒ぐと藪蛇だよ。あしたになったら気が確実《たしか》になるだろう」

「そうでしょうか」

　お島さんは不安心らしい顔をして、またそっと出て行った。ともかくも水沢が無事に帰って来たというのを聞いて、僕も少し気がゆるんだと見えて、お島さんが出て行くと間もなく、うとうとと睡《ねむ》りついて、眼が醒めると家中がすっかり明るくなっていた。時計を見るともう九時を過ぎていた。あわてて飛び起きて顔を洗って来ると、お文さんが朝飯の膳を持って来た。

「あなた、御存じですか。水沢さんが今朝警察へ連れて行かれたのさ……」

「そうかい」と、僕は思わず眼を瞠《みは》った。お島さんがいくら僕の口止めをしても、よそから証拠が挙がったと見える。お島さんはさぞ失望したろうと思いやられた。

「なんだって警察へ連れて行かれたんだ」と、僕は空呆《そらとぼ》けて訊いた。

「あなたも御存じでしょう。ゆうべ芸妓が舟のなかで殺されていたというので大騒ぎでしたろう。その芸妓を……」と、云いかけてお文さんも呼吸《いき》を嚥み込んだ。

「水沢さんが殺したというのかい」

「なんだか知りませんけれど、今朝早く巡査が来て、水沢さんの寝ているところをすぐに拘引《こういん》して行ったんです。水沢さんはゆうべいつごろ帰って来たのか、わたくしどもはちっとも知りませんでしたが、なんでも夜半《よなか》にそっと帰って来たのを、お島さんが戸をあけて入れてやったらしいんです」

「お島さんはどうしている」

「お島さんも調べられていました」

「調べられただけで、やっぱり家《うち》にいるのか」

「ええ。家にいますけれど、旦那も大変に心配して、お島さんを奥へ呼んで何かまたしきりに調べているようです」と、お文さんは顔をしかめながら話した。

「しかしお島さんは何にも知らないんだろう」と、僕はまた空呆けた。「お客が夜遅く帰って来たから、戸をあけてやっただけのことだろう」

「どうもそうじゃないらしいんですよ。だって、水沢さんはびしょ濡れになって帰って来て、おまけに何だかぼうとしているのを、誰にも知らせないで、そっと連れ込んで寝かしてやったんですもの」

お文さんは更にこんなことを話した。水沢はここへ来る前に、ひと月ほども近所の町に逗留していて、殺された芸妓とは深い馴染みになっていたらしい。そうして、両方が心中でも仕かねないほどに登りつめて来たので、芸妓の抱え主の方でもだんだん警戒するようになった。

それらの事情から水沢はそこを立ち退いてこの町へ来て、おとといの晩もわざわざ雛子を呼びよせたのである。雛子もその晩は抱え主の家へ一旦帰ったが、きのうの午頃《ひる》にまたふらりと家を出たままで、夜になっても帰らないので、抱え主も心配して心当たりを探していたところであった。

「そういうわけがあるんですもの、まず第一に水沢さんに疑いのかかるのも無理はありませんわ。おまけに水沢さんはその時刻に丁度どこへか行っていたんですもの」

「なるほど、そうだ」

僕もお文さんに相槌《あいづち》を打つよりほかはなかった。

三

僕は毎朝海岸を一度ずつ散歩するのを日課のようにしていたが、今朝に限って外へ出る気になれなかった。袂をさぐると、きのうお島さんから頼まれた白いハンカチーフが出た。僕はそれを眺めてなんだか暗い心持ちになった。

注意していると、下へは警官がたびたび出入りをしているらしかった。番頭に案内させて、警官は奥二階の水沢の座敷へも踏み込んで、なにか捜索しているらしかった。

由来、この宿の午飯《ひるめし》は少し早目なので、今朝のように朝寝をした場合には、朝飯が済むと、やがて追いかけて午飯を食うようになるので、午飯前にどうしても一度は散歩に出なければならないと思い直して、僕はなんだか気の進まないのを励まして表へ出ようとすると、階子《はしご》のあがり口でお島さんに出逢った。お島さんは今朝も蒼い顔をしていた。

「萩原さん。お出かけですか」

「少し歩いて来ようかと思っている」と、云いかけて僕は声を忍ばせた。「水沢さんはとうとう連れて行かれたというじゃないか」

「その事なんです。あなた、まあ聞いてください」

お島さんに押し戻されて、僕もふたたび自分の座敷へ帰った。

「水沢さんがまったく芸妓を殺したに相違ありませんよ」と、お島さんは云った。「あたしちっとも知りませんでしたけれど、もう前からの深い馴染みだというんですもの。おとといの晩呼んだときも名指しなんです。あたしも何だかおかしいとは思っていましたけれど、まさかにそれほどの関係じゃあるまいと油断していたんですが、二人はもう死ぬほどに惚れ合っているんですって、あきれるじゃありませんか」

何もあきれることもあるまいと思ったが、僕は謹んで聴いていると、お島さんはいよいよ口惜《くや》しそうに云った。

「二人はその晩に心中の相談をしたらしいんです。そうして、昨日の夕方、あなたが浜辺で見つけたという時に、二人はそこに落ち合って、それから小舟に乗って沖へ出たんです。いいえ、確かにそうなんです。先刻《さっき》も警察の人が来て、水沢さんの座敷を調べたら、あの芸妓からよこした手紙が見付かったんです。そりゃ何でも体裁《だらし》のないことがたくさん書いてあって、つまり一緒に死ぬとか生きるとかいう……。なにしろそういう証拠があるんですから仕様がありませんわ。水沢さんは心中するつもりで、最初に女を殺したんでしょうけれど、急に怖くなって海へ飛び込んで、泳いで逃げて来たに相違ないんです」

「それにしては、女がどうして櫂を両手に持っていたんだろう」

「水沢さんが刀でもぬくあいだ、女が手代わりに櫂を持っていたのかも知れません。なにしろ心中には相違ないんですよ。それにあのステッキの一件、あれが動かない証拠で、警察でも水沢さんに眼をつけているんです。今朝もステッキの折れたのを持って来て、これに見覚えがあるかといって帳場の人に訊いていましたから、あたしが傍から口を出して、確かに見覚えがある、それは水沢さんのステッキに相違ないと云ってやりました」

僕も少し驚いた。ゆうべは誰にも云ってくれるなと堅く頼んで置きながら、今朝は自分の方からその秘密をあばくようなことをする。お島さんの料簡がどうして急激に変化したのか、僕には想像が付かなかった。

「黙っていればいいのに、なぜそんなことを云ったんだろう。そりゃどうせ知れるには相違なかろうが、お島さんの口から可愛い人の罪をあばくのはちっと酷《むご》いじゃあないか」と、僕は皮肉らしく云った。

「酷いことがあるもんですか。あんな人、ちっとも可愛くはありませんわ」と、お島さんは罵るように云った。「あたし、あの人に愛想がつきてしまいましたわ」

「なぜさ」

「なぜって……。ともかくも女と心中する約束をして置きながら、女の死んだのを見て急に気が変わるなんて、あんまり薄情じゃありませんか。あたし、あんな人大嫌いですわ。ちっともかばってやろうなんて思やしません。ですから、萩原さん、あなたお願いですからこれから警察へ行って、ゆうべあの二人が舟に乗って出たところを確かに見たと云ってください。そうすれば、水沢さんだって、もう一言もないでしょう」

　僕はいよいよ驚いた。しかしお島さんのような感情一辺の女としては、それも無理ではないかも知れない。お島さんは確かに水沢に思し召しがあった。そうして、盲目的に水沢の犯罪を隠匿しようと試みたのであるが、その水沢はかの芸妓と心中するほどの深い約束があったことを発見して、お島さんの情熱はにわかに冷《さ》めた。

　それと同時に、心中の相手を見殺しにして逃げたという水沢の不人情が急に憎らしくなった。お島さんはあくまでも水沢を追いつめて、彼を死地に陥れなければ堪忍が出来ないように思われて来たに相違ない。

お島さんはそれで気が済むかも知れないが、善《い》いにつけ、悪いにつけて、そのあやつり人形に扱われている僕は甚《はなは》だ迷惑であるといわなければならない。僕はすぐに断った。

「いや、僕は御免こうむる。水沢さんがすでに警察に挙げられた以上は、警察の方で何とかするだろう。僕が横合いから出て行って余計なお饒舌《しゃべり》をする必要はないよ。心中の手紙もあり、ステッキの折れたのもあるんだから、証拠はもう揃っている。別に証人を探すことはないよ」

「そうでしょうかねえ」

お島さんは渋々出て行ったので、僕はその後から続いて階子を降りた。そうして、いつものようにぶらぶらと海の方へ歩いて行った。今日は拭ったように晴れた日で、海の上は鰹《かつお》の腹のように美しく光っていた。

「もしあの二人が心中のつもりで海へ乗り出したのならば、芸妓がなぜ両手にしっかりと櫂をつかんでいたのだろう。水沢のステッキがなぜ折れていたのだろう。どう考えても、二人が舟のなかで叩き合って、水沢のステッキが折れたらしく思われる。心中するほどの二人がなぜ俄《にわか》にそんな叩き合いの喧嘩を始めたのだろう。やっぱり痴話喧嘩が昂《こう》じたのかな」

そんなことを考えながら、夢のように砂地を辿《たど》って行くと、かのばらばら松から一町ほども距れた磯端に出た。

「やあい、みんな来いよう」

だしぬけに大きい声が聞こえたので、僕は夢から醒めたようにその声のする方へ眼をやると、そこには五、六人の漁師があつまっていた。小児達《こども》もまじって珍しそうに立ち騒いでいた。なにか大きい魚でも寄ったのであろうかと、僕も少し早足にそこへ行って見ると、なるほどみんなの騒ぐのも無理はなかった。

僕も生まれてから一度も見たことのない不思議な魚が、うす黒い砂の上に大きい腹を横たえていた。

魚は鮪《まぐろ》にやや似たもので、長さは二間以上もあろう。背鰭《せびれ》は剣《つるぎ》のようにとがって、見るから獰悪《どうあく》の相《そう》をそなえた魚である。その著しい特徴は、象牙のように長い口嘴《くちばし》をもっていることで、その口嘴は中途から折れていた。左の眼は突き破られていた。

「なんという魚です」と、僕は訊いた。

「さあ、鮪でねえ、鮫《さめ》でもねえ。まあ刺魚《とげうお》の仲間かも知れませんよ」

漁師たちにもこの奇怪な魚の正体が判らないらしかった。この噂を聞きつけて、大勢の人達がゆうべのように駈け集まって来たが、誰もこの魚の名を知っている者はなかった。

そのうちに僕はふと思い付いたことがあった。それはこの奇怪な大きい魚の口嘴があの水沢のステッキによく似ていることで、亜米利加から持って来たというあの珍しいステッキは、この魚の口嘴で作ったものではあるまいか。

そうすると、ここにまた一つの問題が起こって来る。あの小舟のなかに残っていたというステッキの折れは、果たして水沢のステッキか、あるいはこの魚の口嘴か。現にこの魚の口嘴も中途から折れているではないか。死んだ芸妓が両手に櫂を持っていたのをみると、あるいはこの奇怪な魚が不意に突進して来たので、一生懸命に櫂を振りあげて、その口嘴を叩き折ったのではあるまいか。水沢はおどろいて海へ飛び込んだのかも知れない。

しかしそうすると、心中の問題はどう解決する。芸妓はどうして死んだのであろう。僕は自分の頭のなかでいろいろの理屈を組み立てながら、それから半時間の後に宿へ帰った。

その日の午後にお島さんは警察署へ呼び出されて長時間の取り調べを受けた。

夕方になって帰って来て、僕にこんなことを話した。

「水沢さんという人もずいぶん卑怯じゃありませんか。どうしても芸妓を殺した覚えはないと強情を張っているんですもの」

「水沢さんは気が確かになったのか」

「ええ、もう落ち着いたようですよ。あんな嘘がつけるくらいなら大丈夫ですわ」と、お島さんはあざけるように云った。

「どんな嘘をついたの」

「だって、こんなことを云うんですもの。二人が舟に乗って沖へ出ると、急に浪があらくなって、なんだか得体《えたい》の知れない怖ろしい魚が不意に出て来て、舟を目がけて飛びあがって、剣のような口嘴で芸妓の横腹を突いたんですって……。あんまり嘘らしいじゃありませんか」

「それからどうした」

「水沢さんは吃驚《びっくり》して、あわてて海のなかへ飛び込んで、夢中で泳いで逃げたんですって」

「そうかも知れない。警察ではその申し立てを信用したのかね」

「そんなことを云ったって、無暗《むやみ》に信用するもんですか。けれども、丁度に変な魚が流れ付いたもんですから、警察の方でも少し迷っているらしいんです。なんでも東京から博士を呼んで、その魚を調べて貰うんだとか云っていました。あなたはその魚を御覧でしたか」

「むむ、見た。水沢さんのステッキは確かにあの魚の口嘴だよ」

「その口嘴を取り返しに来たんでしょうか」

「まさかそうでもあるまいが、とにかく水沢さんの申し立てはほんとうらしいよ。僕はどうもほんとうだろうと思う。不思議な物に突然襲われてあんまり吃驚したので、一時はぼんやりしてしまったが、だんだん気が落ち着くにしたがって、その怖ろしい出来事の記憶が呼び起こされたのだろう。その魚が飛んで来て、芸妓の横っ腹を突いたもんだから、芸妓もきっと死に物狂いになって、そこにある櫂を取って無茶苦茶に相手を撲《なぐ》ったに相違ない。そこで、魚は口嘴を叩き折られる。眼球《めだま》を突きつぶされる。そうしてとうとう死んでしまったんだろう。つまり芸妓とその魚と相討ちになったわけだね」

「あの芸妓にそんな怖ろしい魚が殺せるでしょうか」

「今もいう通り、こっちも死に物狂いだもの、眼球か何かの急所をひどく突かれたので、さすがに魚も参ってしまったんだろう。そんなことがないとも云えない」

「なんだか嘘のようですねえ」

お島さんはなかなか得心しそうもなかった。彼女はあくまでも水沢が芸妓を殺したものと信じているのであった。お島さんばかりでなく、宿の者もみんなそう思っているらしかった。

僕は一種の興味をもって、この事件の成り行きをうかがっていると、それから四、五日の間は、この町と近所の町とへかけて警察の探偵が大いに活動したらしかったが、どうも取り留めた材料を見付け出さないらしかった。そのうちに東京から高名の理学博士が出張して来た。

博士の鑑定によると、かの奇怪な魚は原名をジビアスといって、これを直訳すると剣魚とでもいうべきものである。その特徴は二尺乃至《ないし》四尺の長い口嘴をもっていることで、太平洋や大西洋に多く棲息している。やはりカジキの種族で、その大きいものは三間ほどもある。

彼等は常に鱶《ふか》や鮫《さめ》のような獰猛の性質を発揮して、かの象牙のような鋭い口嘴で鱈《たら》や鯖《さば》のたぐいをただひと突きに突き殺すばかりでなく、ある時は大きい鯨《くじら》さえも襲うことがある。汽船がかれに襲われて船腹を突かれたこともある。こういう奇怪な魚だけに、外国ではその口嘴を珍重して、完全な長いものは往々ステッキに用いられている。

これで事実の真相は判明した。水沢がそのステッキを米国から買って来たというのは嘘で、実は横浜の米国人から貰ったのであるが、どっちにしてもそれが剣魚の口嘴であることは事実であった。

彼はそのステッキを持ったままで芸妓と一緒に沖へ乗り出すと、ほんものの剣魚が突然に襲って来て、その口嘴で芸妓の脇腹を突きとおしたので、かれは異常の恐怖に打たれて、前後の考えもなしに海へ飛び込んで逃げた。そのときに彼のステッキは海に沈んでしまって、船中に残ったのは新しく打ち折られた剣魚の口嘴であった。

剣魚がどうして口嘴を折られたか、どうして眼球を突き破られたか、それは死んだ芸妓の手に持っていた櫂によって判断するよりほかはない。

水沢は無事に放還《ほうかん》された。大体の事実は僕の想像通りであった。水沢は絶対に心中を否認して、なるほど女の方からはそんな手紙を受け取ったこともあるが、自分はどうしてもそれに応じなかったと云っていたそうだ。

何分にも相手が死んでしまったので、その辺の消息はよく判らない。あるいはほんとうに心中するつもりで沖へ出たところへ突然に剣魚の邪魔がはいって、女だけ殺してしまったのかも知れない。

この事件が解決すると同時に、水沢は早々に横浜へ帰ったので、僕はお島さんから預かっていたハンカチーフを返してやる機会を失ってしまった。

翌月のなかばに僕も東京へ帰った。宿を発つときにお島さんは停車場まで送って来て、自分も今月かぎりで暇を取って房州の方へ奉公替えをするつもりだと云った。そうして、まだ疑うようにこんなことを云っていた。

「芸妓はまったくあの魚に殺されたんでしょうか」

「そりゃ確かにそうだよ。水沢さんが殺したんじゃない」と、僕は云い切った。

「でも、その魚さえ流れ着かなければ、水沢さんが殺したことになってしまったんでしょうね」

「そうかも知れない」

「そうでしょうねえ」

お島さんはなんだか残念そうな顔をしていた。僕はまた、なんだか怖ろしいような、一種の忌《いや》な心持ちでお島さんに別れた。

医師の家

「おゝばゝん」

低い木戸をあけて、沓脱《くつぬ》ぎから声をかけた人があった。おゝばゝんというのはここらで「今晩は」という挨拶《あいさつ》であることを私も知っていた。

福島県のある古い町に住んでいる姉をたずねて、わたしは一昨日《おととい》からそこに滞在していたが、別に見物するような所もない寂しい町で、町の入口に停車場をもちながらも近年だんだんに衰微《すいび》の姿を見せているらしく、雪に閉じられた東北の暗い町は春が来てもやはり薄暗く沈んでいた。四月といっても朝夕はまだ肌寒いのに、けさは細かい雨が一日しとしとと降り暮らして、影のうすい電灯がぼんやりとともる頃になっても檐《のき》の雨だれの音はまだ止まない。

わたしは炉の前で姉夫婦と東京の話などをしていると、突然に外からおゝばゝんの声を聞いたのであった。

「お入んなさい」と、姉は返事をしながら入口の障子をあけると、三十二、三の薄い口髯《くちひげ》を生やした男が洋傘《かさ》をすぼめて立っていた。

「や、お客様ですか」

「いいえ、構いません。東京の弟が参っているのですから」と、姉は云った。

「倉部《くらべ》さん。お入んなさい」と、義兄《あに》も炉の前から声をかけた。

「では、ごめんなさい」

男は内へあがって来て、炉を取りまく一人となった。義兄の紹介で、彼がこの町の警察署に長く勤めている巡査であることを私は知った。今夜は非番で遊びに来たのである。彼は東京から来たという私に対しては、おばんい式の土地訛《なま》りを聞かせなかった。東北弁の重い口ながらも彼は淀《よど》みなしにいろいろの話を仕掛けて、一時間ほども炉の周囲《まわり》を賑わした。わたしが土産に持って行った東京の菓子を彼はよろこんで喫《く》った。

「御職掌《ごしょくしょう》ですからいろいろ面白いこともありましょうね」と、わたしは彼に訊いた。「探偵小説の材料になりそうな事件が……」

「さあ」と、彼はほほえんだ。「中央と違って、地方には余りおもしろい事件もありません。稀《まれ》には重罪犯人も出ますけれども、何分にも土地が狭いもんですから、すぐに発覚してしまいます。犯罪の事情も割合に単純なのが多いようです。したがって、あなた方の材料になるような珍しい事件は滅多にありません」

それでも私に強請《せが》まれて、倉部巡査は自分の手をくだした奇怪な探偵物語を二つばかり話してくれた。その一つはこうであった。

今から九年ほど前の出来事である。その頃、倉部巡査はこの町に近いある村の駐在所に奉職していたが、ちょうど今夜のような細かい雨がしとしとと降る宵であった。河童《かっぱ》のような一人の少年が竹の子笠をかぶって、短い着物のすそを高くからげて、跣足《はだし》でびしゃびしゃと歩きながら駐在所の前を通った。

「おい、与助《よすけ》じゃないか。どこへ行く」と、倉部巡査は声をかけると、少年は急に立ち停まって、手に持っている硝子《ガラス》の壜《びん》を振ってみせた。

「酒を買いに行くのか」

「むむ」と、与助はうなずいた。

「なぜ女中を買いにやらないのだ」

与助は黙ってにやにや笑っていた。

「どうだ、お父さんは相変わらず可愛がってくれるか」

与助はやはり笑いながらうなずいていた。

「まあ、気をつけて行って来るがいい。滑ってころぶと壜をこわしてしまうから、よく気をつけて行くんだぞ。いいか。路が暗いから滑るなよ」と、倉部巡査は嚙んでふくめるように云い聞かせると、与助は黙ってまたうなずいて、暗い雨のなかへ消えるようにその小さな姿を隠してしまった。

与助は村の医師のひとり息子で、ことし十六の筈《はず》であるが、打見《うちみ》はようよう十一、二くらいにしか見えない少年であった。耳は多少聞こえるらしいが、口は自由にまわらない。ただ時々に歯をむき出して、「ああ」とか「むむ」とか奇怪な叫び声をあげるに過ぎなかった。しかし容貌《きりよう》は醜くない。彼は死んだ母に似て、細い優しげな眼と紅《あか》く厚い唇とを持っていた。

かれが幼いときの経歴は倉部巡査も直接には知らない。しかし村の者の伝えるところによると、少年の過去は惨《いた》ましい暗い影に掩《おお》われていた。彼の父の相原健吉《あいはらけんきち》はもう五十近い人品の好い男で、近所の某藩の士族の子息《むすこ》だというので土地の者にも尊敬されているばかりか、ここらの村医としては比較的にすぐれた技倆《うでまえ》を持っているので、近村の者にも相当の信用をうけて、わざわざ遠方から彼の診察を乞いに来るものもあった。

もちろん、村の医師であるから、玄関が繁昌する割合に大きな収入《みいり》もなかったが、死んだ妻がなかなかの経済家であったために、遠い以前から相当の財産を作って、商売の傍《かたわ》らには小金を貸しているという噂もあった。それは別に彼の信用を傷つけるほどの問題でもなかったが、その以外に彼の過去に暗い影を残したのは、その妻が横死《おうし》を遂げたことであった。

なんでもひとり息子の与助が二歳の秋の出来事であったと伝えられている。相原医師の妻は与助を背負って、近所の山川へ投身した。妻は死んだが、幼い子は救われた。しかしその時に彼の身体にどんな影響を与えたのか、与助はその後知能の発達が遅れてしまって、学齢に達しても小学校へ通うことも出来なくなった。相原の妻の死についてはその当時いろいろの臆説を伝えられたが、結局はヒステリーということに帰着して、その噂は月日の経つに連れて諸人の記憶からだんだんに薄らいでしまった。

相原の妻の横死は、夫が他に情婦を作ったためだという噂もあったが、その後十四年の長い間、相原は息子の与助と雇婆《やといばばあ》とたった三人のさびしい生活をつづけているのを見ると、それは一種の想像説に過ぎないらしかった。出来の悪い子ほど可愛いとかいうが、相原は与助を非常に愛していた。与助も父を慕っていた。今夜は雇婆が風邪をひいて寝ているので、彼は父の寝酒を買うために町まで暗い夜路を走って行ったのであることを、倉部巡査は後に知った。

しかし彼は普通の小買物をするくらいの使い歩きには差し支えなかった。町の人達もみな彼の顔を知っているので、彼の突きならべた銀貨や銅貨の数から算当して、それに相当の品物を渡してよこすのを例としていた。彼はむしろ喜んで父の使いに駈けあるいていた。

不遇の身ながらも親思いであるということが、倉部巡査には取り分けていじらしくも思われて、彼が駐在所の前を通るたびにきっと声をかけて、彼の話し相手になってやった。彼は倉部巡査にも懐《なつ》いていた。

「これで相原医師の身の上も、息子の与助のことも、まずひと通りはお判りになりましたろう」と、倉部巡査は云った。「今もお話しした通り、与助は町まで酒を買いに行って、帰り途にも駐在所の前を通りましたが、今度はいよいよ笠を深くして、一散にかけ抜けて行ってしまいました。もっともその頃には雨がだんだん強くなって来たので、与助もさすがに急いで帰る気になったのでしょう。まあそれだけのことで、わたくしも気にも止めずにいますと、そのあくる朝、相原の家に非常の事件が出来《しゅったい》していることを近所の者が発見したのです。主人の相原健吉と雇婆のお百《ひゃく》とは何者にか惨殺されて、座敷の中に枕をならべて倒れていて、与助は二つの死骸のまん中に坐ってただぼんやりと眼をみはっているばかり。一体何がどうしたのかちっとも判りません。与助をいろいろにすかして調べてみましたが、なにをいうにも口も碌々《ろくろく》に利かれない児ですから、一向に要領を得ないには困りました。しかしその現場のありさまで二人の死因だけは容易に判断することが出来ました。兇行者は庭口から縁側へあがって、それから座敷へ忍び込んで、机の前に坐っている健吉に向かって撃ってかかって、そこでしばらく格闘を試みたらしいのです。その物音を聞きつけて台所のそばの女中部屋に寝ていたお百も起きて来て、主人の加勢をして兇行者に抵抗した。その結果二人ともに数ヵ所の重傷を負って倒れたので、兇器は手斧《ちような》か鉈《なた》のようなものであるらしく思われました。

与助はその場にいたかいなかったか、それはよく判らないのですが、彼が少しも負傷していないのを見ると、おそらく彼が酒を買いに行った留守の間に、この兇行が演じられたのではないかと想像されるのです。かれが一散に駈けて帰ったのも、なにか虫が知らせるというようなことがあったのかも知れません。そこで第一の問題は犯罪の動機です。相原医師は近所の人達にも尊敬と信用を受けて多年この土地に門戸《もんこ》を張っている人ですから、他から怨恨《うらみ》を受けるような原因がありそうにも思われません。しかし本業の傍らに小金を貸していたといいますから、なにか金銭上のことで、他から怨恨を受けていないとも限らない。または相当の財産のあるのを知って、物とりの目的で忍び込んだのかも知れない。いずれにしても、その犯罪の動機には金銭問題がまつわっているらしいことは、誰にも容易に想像されることです。わたくしも無論その方面に眼をつけて、相原医師から金を借りている者や、平素《ふだん》親しく出入りしている者を一々内偵しましたが、どうも取り留めた証拠も挙がりませんでした。

会津《あいづ》の方から相原医師の親戚が出て来て、ともかくもこの事件の落着《らくちゃく》するまでは相原家を預かっていることになって、与助もやはり一緒に暮らしていました。殺された者の不幸はいうまでもありませんが、残された与助の身の上もさらに可哀そうです。平素から親思いであっただけに、毎日悲しそうな顔をしてそこらをうろうろしているのが近所の人たちの涙を誘って、あの児はこれからどうなるだろうとみんなが頻《しき》りにその噂をしていました。すると、ある日の午後です。与助は駐在所の前に来て、なにか内を覗いているようですから、わたくしはすぐに声をかけました。

『おお、与助。なにか用か』

与助は黙ってわたくしの顔を眺めていましたが、やがて両足を踏ん張って両手を振りあげて、何か物を打つような姿勢をみせました。そうして、急にききききと気味の悪い声で笑い出したのです。なんの意味だかわかりません。しかしわたくしも何がなしに笑ってうなずいて見せました。

『強いな、与助は……』

与助はまた奇怪な声をあげて笑い出しましたが、急に両手を振って大股に威張って歩いて行きました。そのうしろ姿を見送っているうちに、わたくしはふとある事が胸に泛《うか》びました。というのは、かれの今の挙動です。わざわざ駐在所の前まで来て、両足をふん張って何か打つような真似をして見せたのはどういう料簡だろう。あるいは与助がその犯人を知っていて、これから復讐にでも行くという意味ではあるまいか。こう思うと、わたくしも打っちゃって置かれませんから、すぐに彼のあとを見えがくれに追って行きますと、与助は自分の家へは帰らないで、町の方角へすたすた歩いて行きましたが、途中でふと振り返ってわたくしの姿を見つけると、いよいよ足を早めてほとんど逃げるように町の方へ急いで行ってしまったので、

私はとうとう彼の小さい姿を見失って、そのまま駐在所へ引っ返しました。しかしどうも不安でならないので、その日の夕方に相原の家《うち》の前に行って、そっと内の様子をうかがうと、そこらに与助の姿は見えませんでした。留守の人にきく

と、先刻《さつき》出たぎりでまだ帰らないというのです。あれから何処へ行って何をしているのか。いよいよ不安に思いながら引っ返して来ると、その晩の七時頃でした。駐在所の前を犬のように駈けて行く者がある。それがどうも与助らしいので、わたくしは再びそれを追って出ました。

その晩は四月の末で、花の遅いここらの村ももう青葉になっていました。薄い月がぼんやりと田圃路《たんぼみち》を照らして、どこかで蛙の声が聞こえます。わたくしはその薄月を頼りにして、一生懸命に与助のあとを尾《つ》けて行きますと、与助は村はずれを流れている山川の縁《ふち》に立って、なにか呪文でも唱えているらしく見えました。その川は与助の母が彼を背負《おぶ》って十四年前に沈んだという所です。与助はやがてそこを立ち去って今度は隣村の方へ駈けて行くらしいので、わたくしもまたつづいて追って行きますと、与助は大きい榎《えのき》の立っている百姓家の門《かど》に忍び寄って、杉の生け垣のくずれから家をのぞいているようでしたが、やがてその生け垣を押し破って忍び込もうとするらしいので、わたくしは不意に背後《うしろ》からその肩をつかんで曳き戻しました。彼もさすがに吃驚《びつくり》したらしいのですが、それでも私であることを覚って安心したらしく、自分の腰に佩《さ》している古い短刀を出して自慢そうに私に見せました。

『そんなものをどこから持ち出して来た』と、わたくしはぎょっとして訊きました。

与助は町の方を振り返って指さしました。町の古道具屋で買って来たらしいのです。いくら顔を見識っているといっても、こんな児に刃物を売るというのはけしからんと思いながら、わたくしはその短刀をぬいて見ますと、中身はよほど錆びていて到底実用にはなりそうもありませんでした。それにしても刃物である以上、それを無暗に振り廻されてはやはり危険ですから、わたくしはすぐに取り上げてしまいました。

『お前はここのうちを知っているのか』

『む、む』と、与助はうなずいてみせました。

『ここの家へ入ってどうする』

与助は物凄く笑っているばかりでした。わたくしは彼の腕をつかんで、五、六間手前までぐい、ぐい、ぐいと引き摺って行って、また低声《こごえ》で訊きました。

「お前あの家《うち》の人を殺すつもりか。え、そうか」

与助はやはり黙っています。わたくしは手真似をまぜてまた訊きました。

『あの家の人がお前のお父さんを殺したのか。え、そうか。そんなら、私が仇《かたき》を取ってやる。どうだ。それに相違ないか』

『む、む』と、与助はまたうなずきました。

『よし、そんなら今夜はおとなしく帰れ。わたしがお前の代わりにきっと仇を取ってやる。さあ、来い』

無理に与助を引っ立てて帰って、留守の人に注意をあたえて引き渡しました。それからすぐに例の榎の立っている家について内偵しますと、それは五兵衛《ごへえ》という六十ぐらいの百姓で、惣領《そうりよう》の娘は宇都宮の方に縁付いていて、長男は白河《しらかわ》の町に奉公している。次男は町の停車場に勤めている。自宅は夫婦と末の娘と、三人暮らしで格別の不自由もないらしいが、五兵衛は博奕《ばくち》という道楽があるので、近所の評判はあまり宜《よろ》しくない。しかしこれだけのことで、彼を直ちに相原家の兇行犯人と認めるのは証拠がなにぶんにも薄弱です。証人の与助は詳しいことを取り調べる便宜がありません。そこでわたくしは、村の老人どもに就いて、さらに彼の素行その他を調査すると、偶然にこういう事実を発見しました。

五兵衛には宇都宮に縁付いている惣領娘のほかに、おげんという妹娘があって、それは別に美人というほどの女でもなかったのですが、堅気《かたぎ》の百姓の家の娘としては、幾分か身綺麗にしていたそうです。もちろん、身綺麗にしているだけならば別に議論もないのですが、それが二十歳《はたち》を越しても二十五を過ぎてもどこへも縁付く様子もなく、ただ身綺麗にしてぶらぶら遊んでいるので、近所では当然不思議の眼をそばだてて、いろいろの蔭口を利くものもあったそうですが、さてこうという取り留めた事実も露《あらわ》れないで、おげんは相変わらず万年娘で暮らしているうちに、四年前の夏のこと、二、三日わずらったかと思うと、すぐにころりと死んでしまったそうです。わたくしはおげんが死んだ後にその駐在所に詰めるようになったのですが、おげんは評判ほどに浮気らしい猥《みだ》らな女でもなかったと、今でも彼女を弁護している者もあるくらいです。

あなた方がお考えになったらば余り軽率だと思《おぼ》し召《め》すかも知れませんが、わたくしはこれだけの事実を材料にして、おげんの父の五兵衛を拘引することに決めました。その翌日、わたくしが与助を連れて隣村の榎の門をくぐった時に、五兵衛は炉の前に坐って干魚《ひもの》か何かを炙《あぶ》っているようでしたが、わたくしが土間に立って拘引することを云い渡しますと、五兵衛は急に顔の色を変えて、烈《はげ》しく抵抗でもするつもりでしたろう、そこにあった手頃の粗朶《そだ》を引っつかんで怖ろしい剣幕で起ち上がりましたが、わたくしのうしろからかの与助が小さい顔をひょいと出したのを見ると、かれは急に顫《ふる》え上がって、持っている粗朶をばたりと落としてしまいました。そして、素直に駐在所へひかれて行きました」

「お話はこれだけですよ」と、倉部巡査は云った。「もう大抵お判りになりましたろう」

「判りました」と、私はうなずいた。「すると、そのおげんという女は相原医師の情婦であったんですか」

「そうです。この女のために先《せん》の細君は身を投げるようなことになったのです。相原医師も、もちろん悪い人ではありませんから自分の罪を非常に後悔して、それがために母を亡くした我が子を可愛がっていたのです。しかしおげんとの関係はその後も長く継続していて、世間の人にはちっとも気付かれないようによほど秘密に往来していたらしいのです。それでも与助や雇婆のお百はうすうす承知していたらしく、与助はともかくも、お百はおそらく口留めされていたのでしょう。そうしているうちに、おげんは死んでしまったのですが、その父の五兵衛はむかしの関係を頼って、その後も相原医師のところへ時々無心に出入りしていたそうです。おげんが死んでしまって見れば、相原医師もいつもいつも好い顔をして五兵衛の無心をきいているわけにも行きません。月日の経つに従ってだんだん冷淡になるのも自然の人情でしょう。五兵衛の方は博奕でも打つ奴ですから、その後も無頓着に無心を云いに来る。相原医師の方はだんだん冷淡になる。その結果がこの怖ろしい悲劇の動機となって、相原医師に相当の蓄財のあることを知っている五兵衛は、雨のふる晩に手斧を持って相原家へ忍び込んで、主人と雇婆を惨殺したのです」

「やはり与助が酒を買いに行った留守ですか」

「そうです。与助も無論殺してしまうつもりであったのです。主人と雇婆とを殺して、それから金のありかを探そうとするところへ、ちょうど与助が酒を買って帰って来たので、ついでに殺してしまおうかと思って手斧を振り上げると、与助が怖い眼をして睨んだそうです。それが遠いむかしに与助を負って身を投げた相原の先妻の顔にそっくりであったので、五兵衛も思わず身の毛がよだって、なんにも取らずに逃げ出してしまったそうです」

「すると、与助は相手が五兵衛だということを知っていたんですね」と、わたしはまた訊いた。

「五兵衛は手拭いで顔を深く包んでいたそうですけれど、与助はちゃ、ん、とひと目で睨んでしまったらしいのです。あの児にはきっと死んだおふくろが乗りうつったに相違ありませんと、五兵衛は警察で顫《ふる》えながら白状しました」

「与助はその後どうしました」

「与助はそれから半年ほどの後に病死したので、相原の家は絶えてしまいました」と、倉部巡査は顔の色を暗くした。

外の雨はだんだんに強くなって、ぬかるみをびしゃびしゃ、びしゃびしゃと叩くその音が、あたかも酒を買いに行くその夜の与助の足音かとも思われるので、私はなんだか襟もとが薄ら寒くなった。姉も黙って炉の粗朶を炙《く》べ足した。

ぬけ毛

一

これは僕の友人の飯塚《いいづか》君の話である。

飯塚君は薬剤師で、まだ三十を越したばかりであるが、細君もあれば子供もある。その飯塚君が一昨年《おととし》の夏の初めに上州の温泉場へ行って、二週間ほど滞在していた。その当時飯塚君は軽い神経衰弱に罹《かか》っていたのであった。

夏の初めであるから東京の客はまだ来ない。殊に東京の客のあまり来そうもない方面を選んで行ったのであるから、なおさらのことである。ちょうど養蚕《ようさん》の季節であるから土地の人達はもちろん来ない。

広い旅館はほとんど飯塚君一人のために経営されているような姿で、彼は悠暢《のびやか》な気分で当座の四、五日を送っていた。

いかに旬《しゅん》はずれでも、毎日こんなことでは旅館がさすがに行き立つ訳のものでない。まだ一週間とは経たない某日《ある》の夕方に、三組の客がほとんど同時に落ち合って来た。そのふた組はそれぞれの座敷へ案内されて、飯塚君とはなんの交渉もなかったが、そのひと組はすこしく彼の平和を破った。

旅館の番頭は彼の座敷へ来て、ひどく気の毒そうにこう云い出した。

「まことに申しかねましたがお座敷を換えて頂きたいと存じます。こんなことを申し上げましては相済まないのでございますが、何分にもお客様が御承知なさらないもんでございますから」

居馴染んだ座敷を取り換えるというのは、誰でも心持ちのよくないものである。殊にあとから来た客のために追い立てられるのかと思うと、飯塚君は決していい心持ちはしなかった。

「なぜ取り換えろと云うんだ」と、彼は詰《なじ》るように聞き返した。

こっちの顔色がよくないので、番頭も困ったらしい。彼はいよいよ恐縮したように小鬢《こびん》をかきながらまた云った。

「いえ、どうも相済みませんので……。なにしろ御婦人方はいろいろの御無理を仰《おつしや》るもんですから」

番頭の説明によると、先月の中旬へかけて半月以上もこの三番の座敷に滞在していた二人の女客があった。それが帰ってから二日目に飯塚君が来て、入れ換わって彼女等の座敷の主人《あるじ》となったのである。

もちろんこの三番の座敷は、畳も新しい、造作も綺麗である。殊に東の肱掛窓《ひじかけまど》をあけると、上州の青い山々は手がとどきそうに近く迫って、眼の下には大きい池が横たわっている。池のほとりには葉桜のあいだから菖蒲《しょうぶ》の花の白いのが見える。

その眺望といい、造作といい、この旅館ではまず一等のいい座敷であるから、誰しもここを望むのは人情で、かの女客も今度ここへ来た時にはやはりこの座敷へ入れてくれと約束して帰った。

しかしそれがいつ来るとも判らないので、旅館の方ではそのあとへ来た飯塚君をここへ案内してしまった。すると、その女客が今日もまた突然にやって来て、前の約束を楯《たて》に取って是非とも三番へ案内しろというのであった。

もう先客があるという事情を訴えても、女客はなかなか承知しない。番頭も持て余して、飯塚君のところへよんどころない無理を頼みに来たのである。その無理は番頭の方がよく承知しているので、彼はあやまるようにして飯塚君に頼んだ。

頼まれてみれば忌《いや》ともいえない義理になって、飯塚君は不愉快ながら承知した。

「では、仕方がない。すぐにほかへ引っ越すのか」

「まことに恐れ入りますが、六番の方へどうかお引き移りを願います。いえ、お急ぎでなくともよろしゅうございます。あちらのお二人はただ今お風呂へ行っていらっしゃいますから」

　この交渉は面倒で少し手間取ると思ったので、番頭はともかくも女客を風呂場へ追いやって置いてそれからこちらへ掛け合いに来たらしい。飯塚君が今度引き移るという六番の座敷に、かの女客の荷物のたぐいを仮りに運び込んであると番頭は云った。

「いえ、六番のお座敷だって決して悪くはないのでございます。どうかあすこで我慢して頂こうと存じまして、一旦あすこへ御案内したのですけれども。あちら様がどうしても御承知なさらないので……」と、彼は繰り返して説明した。

「よろしい。先方《むこう》の荷物が置いてあるんじゃすぐに行くという訳にも行くまい。先方が風呂からあがって来たら報せてくれたまえ」

「かしこまりました」

　番頭が幾度もお辞儀をして立ち去ったあとで、飯塚君は手廻りの道具などを片付け始めた。そうして一種の落ち着かないような不愉快な心持ちで、六番の客が風呂からあがって来るのを待っていたが、女二人はなかなか戻って来ないらしかった。

それから小一時間も経ったかと思う頃に、番頭が再びこの座敷へ顔を出した。

「どうも御無理を願いまして相済みません。六番のお客様がお風呂からおあがりになりましたから、どうぞあちらへ……」

こう云いながら番頭はすぐに座敷へ入って来て、飯塚君の鞄や手廻りの道具をずんずん運び出した。それにつづいて飯塚君も座敷を出ると、廊下で二人連れの女客に出逢った。その女達はほかの女中に自分の荷物を持たせていた。飯塚君を三番の座敷から追い出した事情を彼女らも承知していると見えて、二人の女は摺れ違いながら飯塚君に会釈《えしやく》した。

「どうもいろいろの我儘《わがまま》を申しまして相済みません」と、一人の若い女が小腰をかがめて丁寧に云った。

「いいえ、どうしまして」

それぎりで両方で別れてしまった。六番の座敷に落ち着いて、飯塚君はすぐに風呂場へ行って来ると、長い日ももう暮れ切って、八畳の座敷には薄明るい電灯がついていた。

五番の座敷から廊下が折れ曲がって、その向きはまるで変わってしまったので、飯塚君は今までの眺望をすっかり奪われた。眼隠しのように植えてある中庭の槐《えん》樹《じゅ》や碧桐《あおぎり》が、欄干《てすり》の前に大きい枝をひろげているのも鬱陶《うっとう》しかった。今まで空き座敷になっていたので、床の間には花も生けてなかった。

床の間に列《なら》んだ違い棚の上に鏡台が据えてあったので、飯塚君は湯あがりの髪を繕《つくろ》おうとして鏡台の前に行った。その抽斗《ひきだし》をあけると小さい櫛《くし》が出た。櫛の歯がすこし湿《しめ》っているのは、かの女達が湯あがりの髪を掻きあげたのではないかと思われて、櫛の歯には二、三本の長い髪が絡みついていた。

それをすぐに使うのはなんだか気味悪いので、飯塚君は半紙でそのぬけ毛をふき取って、その紙を引んまるめて抽斗の奥へ押し込んで、それから櫛を持ち直して鏡にむかった。

「どうも遅《おそ》なはりました」

お勝《かつ》という若い女中が夕飯の膳を運んで来た。彼女も座敷換えの事情を知っているので、気の毒そうに云った。

「ほんとうに済みません。どうぞ悪《あ》しからず思《おぼ》し召してください。あちら様が是非三番でなけりゃいやだと仰るもんですから、帳場でも困ってしまいまして……」

「あの人達はたびたび来るの」と、飯塚君は箸《はし》をとりながら訊いた。

「いいえ、先月初めていらしったんです。ここは閑静《しずか》で大層気に入ったと仰って、帰るとまたすぐに出直していらしったんですよ。ええ、この前の時もやっぱりお二人連れで、そりゃ本当にお静かで、一日黙っていらっしゃるんですの。もっともここらになんにも見る所もありませんけれど、滅多に外へ出るようなこともありませんし、お風呂へはいる時のほかはただおとなしく坐っていらっしゃるんです」

「病人かい」

「いいえ、そうでもないようです。一人の方《かた》は可愛らしい方ですよ。あなた御覧になりませんか」

「さっき廊下で摺れ違ったけれど、薄暗いのでよく判らなかったが、そんなに美《い》い女かい」と、飯塚君は箸を休めてまた訊いた。

「ええ、まったく可愛らしいかたですよ。まるで人形のような、あれでももう二十歳《はたち》か二十一ぐらいでしょうね。もう一人のかたはひどい近眼で、このかたも同い年ぐらいですが、やっぱり悪い御容貌《ごきりょう》じゃありませんん」

「どこの人だい」

「東京の小石川《こいしかわ》のかたで、なんでも余程《よっぽど》良い家《うち》のお嬢さん達でしょうね」

「良い家の若い娘達がたった二人ぎりでいつも来るんだね」

「そうです」

「少し変だな」

「変でしょうか」

そのうち飯を食ってしまったので、お勝は膳を引いて行った。それほどの美しい娘達が付き添いもなしに温泉場へたびたび来るというのが、なんだか飯塚君の気にかかった。

明日になったら明るいところで能《よ》くその正体を見届けようと思いながら、東京から持って行った小説を少しばかり読んだ後に、飯塚君は例《いつも》のように早くから寝床にはいったが、座敷が変わったせいか、今夜は眼がさえて眠られなかった。神経衰弱でとかくに不眠勝ちの彼は、もうこうなったらいかに燥《あせ》っても眼瞼《まぶた》が合わなかった。無理に眼を瞑《と》じても、頭のなかは澄んだように冴えていた。

幾たびか輾轉《ねがえり》をしているうちに、夜はだんだんと更けて来て、そこらの池で蛙の声が騒々しくきこえた。飯塚君は這い起きて、枕頭《まくらもと》に置いてあった葡萄酒を一杯飲んだ。そうして、再び衾《よぎ》のなかへ潜り込んだ時に、廊下を忍ぶように歩いて来るらしい足音が微《かす》かに響いた。

飯塚君は枕に顔を押し付けたままで耳を澄ましていると、その上草履の音は彼の座敷の外にとまった。なおも耳を澄ましていると、外の人は身体を少し屈めて、障子の腰硝子を透《すか》して座敷の内をそっと窺っているらしかった。

云い知れない恐怖が飯塚君を脅かした。彼は薄く眼をあいて、これも硝子を透して外の様子を窺うと、硝子にはっきりと映っているのは若い女の白い顔であった。と思う間もなく、その白い顔は忽《たちま》ち消えて、低い草履の音は三番の座敷の方へだんだんに遠くなった。

二

暁《あ》け方になってようようにうとうとと眠り付いたので、あくる朝飯塚君が眼を醒ましたのはもう七時を過ぎた頃であった。早々に楊枝をくわえて風呂場へ出かけてゆくと、そこには誰もいなかった。

一人でゆっくりと、風呂にひたって、半分乾いている流しへ出てくると、風呂番の男が待っていた。いつものように背中を流して貰いながら、飯塚君は風呂番に訊いた。

「三番の女連れはもう風呂へ入ったのかね」

「はあ、もう一時間ばかり前に……。あの人達はいつも早いんですよ」

「大変に美い女だというじゃないか」

「そうです。どちらも好い容貌ですね。可哀そうに一人はひどい近眼で、まるで盲目も同様ですよ。風呂に入る時には、いつでも片方の人に手をひいて貰っているんですが、それでも危なくって兢々《はらはら》するくらいですよ」

「そりゃお気の毒だな」

一方それほどの近眼であるとすれば、昨夜自分の座敷を覗きに来たのは、もう一人の美しい可愛らしい女でなければならない。彼女はなんの必要があって、夜更けによその座敷を窺いに来たのか、飯塚君の好奇心はいよいよ募《つの》って来た。好奇心というよりも、彼はその当時なんともいえない恐怖心に支配されていたので、いわゆる怖いもの見たさで、その女達の身の上を切《せつ》に探り知りたかった。

なぜ怖ろしいのか、それは飯塚君自身にもよく判らなかったが、彼は夜更けに自分の座敷を覗きに来た美しい女がただなんとなく不気味であった。彼はその女達の身の上について、風呂番の口から何かの秘密を探り出そうと試みたが、それは結局失敗に終った。二人の女は風呂番に対してほとんど口を利いたことがないというのであった。飯塚君は失望して自分の座敷へ帰った。

帰って彼は鏡台にむかった。櫛を出そうとしてその抽斗をあけると、ゆうべのひん丸めた紙片《かみきれ》が隅の方に転がっていて、その紙の間からぬけ毛の端があらわれていた。

飯塚君はなんという気もなしに、再びその紙片をとって眺めると、漆《うるし》のように黒く美しいぬけ毛が彼の注意をひいた。ゆうべは電灯の暗い光でよく気がつかなかったが、その毛の色沢《いろつや》がどうも普通でないらしいので、飯塚君はその毛のひと筋をぬき取って、座敷の入口の明るいところへ持って出て、碧桐の若葉を洩れて玉のように輝く朝日の前に、その毛を透かしてよく視《み》ると、色も光沢《つや》も普通の若い女の髪の毛でなかった。飯塚君は薬剤師であるだけに、それが一種の毛染《けぞめ》薬《くすり》を塗ったものであることをすぐに発見した。

「あの女は白髪染めを塗っているのか」

飯塚君が昨夜この櫛を手にとった時に、櫛の歯がまだ湿っていたのから考えると、このぬけ毛はどうしてあの女客の髪でなければならない。少なくとも彼女らの一人は白髪染めを塗っているのである。美しい若い娘……その一人の髪は薬剤をもって黒く彩《いろど》られているのである。こう思うと飯塚君は急に気の毒になった。

むしろ惨《いじ》らしいような気にもなった。

　彼はその黒髪を自分の口の先へ持って行って、廊下から庭へ軽く吹き落とした。そうして、自分の臆病を笑った。ゆうべ自分の座敷を覗きに来たのは、おそらく夜ふけを待って白髪染めを塗り直すつもりであったに相違ない。若い女に取っては大事の秘密である。もしやその秘密を誰かに窺われはしないかというおそれから、自分の座敷に最も近いこの六番の座敷をそっと覗きに来たのであろう。

　彼女らが無理に自分を追い立てて、三番の奥まった座敷を選んだ理由も大抵は氷釈《ひょうしゃく》するとともに、飯塚君はいよいよ自分の臆病がおかしくなった。訳もない恐怖に脅かされて、さなきだに尖っている神経をいよいよ尖らせて、ゆうべ一夜をほとんど不眠状態で明かしてしまった自分の愚さが悔やまれた。

　それにつけても、彼はその女達がどんな人間であるかを見極めたいと思ったが、なるほど宿の女中の云う通り、三番の女客は自分の座敷に閉じ籠ったぎりで、ほとんど廊下へも出たことはなかった。奥まった座敷であるから、わざとそこへ行かないかぎりは、その座敷の前を通り過ぎる機会もなかった。女中のお勝が午飯《ひるめし》の膳を運んで来た時に、飯塚君は彼女に訊いた。

「三番のお客はどうしているね」

「いつもの通り、黙っていらっしゃるんです。なにか訳があるんでしょうね」

「そうだろう。風呂へはたびたび行くかい」

「たいてい朝早くと、それから夕方の薄暗い時と、一日に二度ぐらいですね」

「そのほかは黙って坐っているのだね」

「そうですよ」と、お勝はうなずいた。「それでも時々に短冊を出して、なにか歌のようなものを書いていることがあります。絵の具を持ち出して水彩画のようなものを描いていることもあります。けれども、大抵は黙ってしょんぼりと俯向《うつむ》いていることが多いようです。考えてみると少し変ですね」

一種の退屈凌《しの》ぎと好奇心とが一緒になって、飯塚君はしきりに白髪染めの女の素姓を探り出したくなった。

午後になって、彼は散歩に出るついでに旅館の帳場に寄って、番頭に頼んで宿帳をみせてもらうと、かの女客の住所は東京小石川《こいしかわ》区白山《はくさん》とあって、ひとりは金《かね》田春子《だはるこ》二十歳、他は高津藤江《たかつふじえ》二十二歳と記《しる》されてあった。

「近眼の人はどっちだね」と、飯塚君は番頭に訊いた。

「近眼のかたは年上の御婦人です。しかしちょっと見ると、どちらも同《おな》い年ぐらいにしか思われません」

云いかけて番頭は急に口を噤《つぐ》んでしまったので、飯塚君も気がついて見かえると、噂の主は二人連れであたかもここへ出て来たのであった。番頭は丁寧に会《え》釈《しゃく》した。

「御運動でございますか。今日はよいお天気で結構でございます。ごゆっくり行っていらっしゃい」

女達はただうなずいたばかりで、店の者の直してくれた草履を突っかけて、徐《しず》かに表へ出て行った。偶然の機会で疑問の女二人をしみじみと見ることが出来たので、飯塚君は彼女らの頭のてっぺんから爪先まで見落とすまいと眼を据えてじっと見つめているうちに、二人の姿は旅館の門前から左へ切れて、葉桜の繁っている池の方へ遠くなった。

「絵でもお描きなさるんでしょうね」と、番頭は云った。飯塚君もそうであろうと思った。ひとりの女は片手に連れの女の手をひきながら、片手には絵具箱らしいものを持っていた。

宿帳に偽名を記していない限りは、絵を描こうとするらしい二十歳ばかりの女が金田春子であった。春子は女としては背の高い肉付きのよい方で、色の白い眼の美しい、なるほど宿の者の褒《ほ》めるのも嘘はないと思われるような可愛らしい顔をもっていた。その白い顔を一層引き立たせるように、大きい庇髪《ひさしがみ》がぬれた鴉《からす》のように艶々しく輝いているのが飯塚君の眼をひいて、白髪染めのぬしは彼女に相違ないと思われた。

他のひとりは高津藤江でなければならない。これも春子と同じくらいの背格好であったが、肉は彼女よりも痩せていた。透き通るような色の白い細面で、やや寂しい冷たい感じのするのを瑕《きず》にして、これも立派な令嬢らしい気品を具《そな》えていた。彼女は度の強そうな眼鏡をかけて、ほとんど探るような覚束《おぼつか》ない足どりで歩いていた。

飯塚君もあとから旅館の門を出た。見ると、かの二人は睦《むつ》まじそうに肩をならべて池の方へ静かに歩いてゆくらしかった。その池はおよそ千坪ぐらいであろう。汀《みぎわ》には青い葦《よし》や芦《あし》がところどころに生い茂って、その間には野生らしい菖蒲が乱れて白く咲いていた。まん中の水は青黒く淀《よど》んで、小さい藻の花が夢のように白く浮かんでいるのを飯塚君は知っていた。

自分もやはりその池の方角へ足を向けようとしたが、若い女達のあとを尾けていくように思われても悪いと遠慮して、飯塚君はわざと反対の右の方角を取って行った。

右の方には広い桑畑が見果てもなしに広がっているばかりで、なんの風情も眺望《ながめ》もなかった。しかも方向《むき》が悪いので、もう夏らしい真昼の日光は帽子の庇をきらきら射て、飯塚君は長く歩いているのに堪えられなくなった。ステッキを振りながらもとの旅館の方へ引っ返して来ると、池の汀にはかの二人のたたずんでいる後ろ姿が小さく見えたので、飯塚君の足は自然にその方へひかれて行った。池は旅館の門前から一町ほども距《はな》れた所にあって、上州の山々は葉桜の梢の上に薄暗く横たわっていた。

だんだんに近づくにつれて、二人の姿は明瞭《はっきり》と飯塚君の眼に入った。春子は葉桜の立木を背後《うしろ》にして、汀の石に腰をおろして、この古池の夏景色をスケッチしているらしかった。藤江はおなじ立木に倚《よ》りかかって、春子の絵筆の動くのを覗いていているらしかった。

こうなると、今までの遠慮は消え失せてしまって、飯塚君はやはり一種の探偵になりたくなった。彼は足音をぬすんで、彼女らから少し距れた木の蔭へ忍んで行って、なにげなく池を眺めているような風を粧《よそお》いながら、耳と眼とを絶えずそっちへ働かせていると、やがて藤江は背後から何か囁いたらしく、春子は振り仰いでこれに何か答えているらしかった。両方の声が低いので、飯塚君の耳にはほとんど聴き取れなかったが、ただこれだけのことが切れぎれに洩れて聞こえた。

「暑いから止《よ》したらどうです」と、近眼の女は云った。「そんなに急がないでも……」

「でも、三日ぐらいには……」と、絵筆を持っている女は云った。「それでないと……。もしもここへ誰か来ると……。一日も早く描いてしまって……。一日も早く……。生きているとお互いに……」

飯塚君はまたぎょっとした。この切れぎれの詞《ことば》を継ぎ合わせて考えると、この二人には何か生きていられない事情でもあるらしく思われた。彼は呼吸《いき》をつめて聴き澄ましていたが、それから先はなんにも聴き取れないので、少し焦れったくなってもうひと足進み寄ろうとする時に、彼の抱えていたステッキの先が桜の幹に軽くこつりと触れた。

その軽い音も神経の鋭い女達の耳にはすぐに響いたらしい。二人は同時に振り向いて、春子は飯塚君にむかって黙礼した。飯塚君も黙って会釈すると、春子は急に絵具箱を片付けはじめた。

三

その晩から陰《くも》って来て、あくる日は朝から降り暮らした。飯塚君は絶えず三番の座敷に注意していたが、二人は薄暗い座敷に閉じ籠ったぎりで、相変わらず沈黙の一日を送っているらしかった。雨はその晩も降り通して、次の日はやはり暗かったが、午後からさすがに小歇《こや》みになって時々に鈍い日の光が薄く洩れた。

二時を少し過ぎたかと思う頃に、春子は足音を忍ばせて六番の座敷の前を通って行った。飯塚君はわざと知らない顔をして俯向《うつむ》いていたが、彼女が例のスケッチに行くらしいことは、その携帯品を見てもすぐに覚られた。

近眼の藤江を残して、きょうは春子一人でスケッチに出たのは、降りつづいた雨あがりで路の悪い故《せい》かも知れないと思いながら、飯塚君は何心なく廊下へ出て、欄干《てすり》から中庭を瞰下《みおろ》しているうちに、白いハンカチーフが裏梯子のあがり口に落ちているのを発見した。ここを通るものは三番の客のほかにはない。きっとあの春子が落として行ったのであろう。

飯塚君はともかくもそれを拾ってみると、普通の新しい絹ハンカチーフで別に名前などは繡《ぬ》ってなかった。しかしそれが春子の所持品であることは判り切っているので、彼はそれを手がかりにして近眼の客に接近しようと考えた。

若い女ひとりの座敷を不意に訪問するのは余り無遠慮だとは思いながら、飯塚君はもうそんなことを考えていられなかった。彼はセル地の単衣《ひとえもの》の前をかき合わせて、三番の座敷の前に立った。それから小腰をかがめて内を覗こうとして少し驚いた。廊下にむかった障子の腰硝子には、いつの間にか内から白い紙が貼りつけてあった。飯塚君は外から声をかけた。

「ごめんください」

うちでは返事をしなかった。飯塚君は重ねて呼んだ。

「ごめんください」

「はい」と、うちから低い返事がきこえた。

「あの、失礼でございますが、お連れのかたがハンカチーフを廊下に落としてお出でになりましたから、ちょっとお届け申しにまいりました」

「ああ、さようでございましたか。それはどうも恐れ入ります」

やがて障子を細目にあけて、眼鏡をかけた若い女の顔があらわれた。

「これはお連れのかたのでございましょう」

飯塚君はハンカチーフを差し出すと、藤江は眼を皺《しわ》めて透《すか》すように眺めていた。

「わたくしにも能く判りませんが、多分そうでございましょう。廊下に落ちておりましたか」

「裏階子のあがり口に落ちておりました。今出て行く時にお落としなすったのでしょう」

「そうでございましょう。ともかくもお預かり申して置きます」と、藤江は丁寧に礼を云った。「どうも御親切にありがとうございました」

「きょうはあなたは御一緒にお出掛けにならないのですか」

「はい。何分にも路が悪いのに、わたくしはこの通り近眼でございますから」

「お眼はよほどお悪いのですか」

「零度に近いのでございます」

「零度……。それは御不自由でございましょうね」と、飯塚君も同情するように云った。

「盲目も同然でございます。お察しください」

気の毒になって飯塚君もしばらく黙っていると、藤江は沈んだ声でこんなことを訊いた。

「あなたもきょうは御散歩にいらっしゃいませんか」

「さあ。路が悪いのでどうしようかと思っています。ちっと雨が降ると、ここらはひどい泥濘《ぬかるみ》になりますからね」

「さようでございますね」と、藤江は失望したように軽くうなずいた。「ですけれども、いっそ雨の降った方がよろしゅうございます。あなたは……一昨日あの池の縁へ散歩にいらしったようでございますね」

「はあ。まいりました。お連れの方が熱心にスケッチをしておいでのようでした」

「御覧になりましたか」

藤江の顔色は見るみる陰った。彼女は細い溜め息をつきながら云った。

「あの、あなたは明日も散歩にいらっしゃいますか」

「天気ならばまいります」

「やはり一昨日の時刻でございますか」

「いつと決まったこともありませんが、まあ大抵あの時刻に出て行きます」

なぜそんなことを詮議するのかと、飯塚君も少し不思議に思っていると、藤江は幾たびか躊躇しているらしかったが、やがて思い切ったようにこう云った。

「あの、まことに相済みませんが、明日も明後日も……。丁度あの時刻に池のところへいらしって下さる訳にはまいりますまいか」

別にむずかしいことでもないので、飯塚君はすぐに承知した。しかしその理由を知りたいので、彼は何げなく捜索《さぐり》を入れた。

「しかしせっかく熱心に描いておいでの所へ、無暗《むやみ》に近寄るのはお邪魔じゃありませんかしら。現に一昨日も私が何心なくお傍へ行きますと、お連れの方はあわてて止めておしまいになったようですから」

藤江は悲しそうな顔をして黙っていた。

「いや、わたくしの方はちっとも構いません」と、飯塚君は云い足した。「そちらさえお邪魔でなければ、わたくしはきっと拝見に出ます」

「あなたが傍へいらしったら、あのかたは絵を止めるかも知れません。止めても構いません。止める方があのかたの為にもなり、わたくしの為にもなりますから」

飯塚君はいよいよ判らなくなって来た。彼はどうかしてこの謎を解きたいとあせった。

「あのかたは何を描いているのです。やはりあの池の風景をスケッチしているのですか」

「そうでございます。あのかたは水彩画が非常にお上手なんですから」

「そんならなおのこと、わたくしがお邪魔をしては悪いでしょう」と、飯塚君は腑《ふ》に落ちないように首をかしげて見せた。

「ですけれども……」と、云いかけて藤江は急に俯向いた。眼鏡の下をくぐって落ちる涙のしずくが青白い頬に糸をひいて流れるのを、飯塚君は見逃がさなかった。

「いや、今も申す通りお邪魔をする方がいいということならば、わたくしは幾らでもお邪魔にまいりますよ。どうで毎日退屈して遊んでいるのですから、何時でもお邪魔にまいります。が、同じお邪魔をするにしても、その理由がこっちの頭に入っていますと、非常に都合がよいと思うのですが……」

「それは申し上げられません。どうぞお訊きくださいますな」と、藤江はきっぱり断った。「ただわたくしどもを可哀そうだと思し召して、わたくしがただ今お願い申したことを御承知くだされば、まことに有難いと存じます」

「では、なんにも伺いますまい。そうして毎日あの方がスケッチするお邪魔に出ましょう」と、飯塚君は約束した。

「ありがとうございます」と、藤江は感謝の頭をさげた。「そうして、あなたはいつ頃まで御逗留《とうりゅう》でございます」

「もう一週間ぐらいは滞在していようかと思います」

「もう一週間……」

藤江は頼りないように再び深い溜め息をついた。にぶい日光はいつか隠れて、庭の若葉の影が急に黒ずんで来たかと思うと、細かい雨がまたしとしとと降り出した。飯塚君は暗い空を瞰《み》あげた。

「また降って来ました」

「降ってまいりましたか」

彼女も眼鏡越しに空の色を仰いで、ほっとしたように呟いた。

「でも、あのかたは困っておいでてでしょう」

四

不思議な役目を受け合って、飯塚君は自分の座敷へ帰ったが、彼はなんだか夢のようであった。春子が池のほとりへ行って風景をスケッチする、それを自分が毎日妨害にゆく……。それが春子の為でもあり、藤江の為でもあるというのは、そこに一体どんな仔細が忍んでいるのであろう。どう考えても彼はその要領を摑むことが出来なかった。

しかしここに二つの材料が列べられてある。春子は白髪染めを用いている。藤江は盲目に近い近眼である。若い女達としてはどちらも悲しいことに相違ない。そうした不幸な女同士が繋《つな》がり合って、比較的に寂しいこの温泉場に忍んでいるという以上、彼らのうしろに暗い影が付きまつわっていることは想像するに難《かた》くない。

生きていると相互《おたがい》の——一昨日かの池のほとりで春子の口から洩れた一句がそれを証明しているように思われて、飯塚君はまたぞっとした。いっそ帳場の者に注意して、警察へ早く密告した方が安全であろうとも思ったが、それを表沙汰にして若い女ふたりに恥辱をあたえるのは、なんだか忍びないようにも思われて、飯塚君はそれを断行するほどの勇気も出なかった。

春子はやがて濡れて帰って来た。飯塚君の代わりに、きょうは雨が彼女の邪魔をしたのである。飯塚君は藤江の安心したような顔色を想像しながら、タオルをさげて風呂場へ行った。

風呂からあがって帰って来ると、それを待っていたように、春子が彼の座敷へ来て、さっきのハンカチーフの礼をいった。しかし藤江とは違って、彼女は用のほかにはなんにも云わないで早々に行ってしまった。雨は夕方から夜にかけて小歇みなしに降りつづいた。

白髪染めを用いている若い女と、ほとんど盲目に近い若い女と、その運命について飯塚君はいろいろに考えさせられた。

それにつけても何とも想像の付かないのは、春子のスケッチ問題であった。藤江はなぜ他人に頼んでそのスケッチの妨害をして貰おうというのか。それがどうして二人の為であるのか、飯塚君はそれからそれへと駈けめぐってゆく空想にふけって、今夜も安らかには眠られそうもなかった。

客の少ない旅館は早く寝静まって、十一時頃には広い家中に物の音もきこえなくなった。雨には風が少しまじったらしく、庭の若葉が時々にざわざわと鳴っていた。

廊下をやわらかに踏んで来る上草履の音が低くきこえたので、飯塚君は油断なしに耳を引き立てていると、それは三番の方から響いて来るらしかった。飯塚君は枕に顔を押しつけながら、薄く眼をあいて障子の方を窺っていると、草履の音は果たしてこの座敷の前に停まった。

つづいて腰硝子に映る女の顔を飯塚君はひそかに想像していると、彼女は座敷の外に立ったままで内の様子を窺っているらしく、障子の紙に触れる袂の音がさらりさらりと微かにきこえた。どうするかと、呼吸を忍ばせて耳を澄ましていると、やがて障子の外から低い声で案内を求めた。

「もうお寝《やす》みでございますか」

それは春子の声であった。飯塚君は半身を起こしてすぐに答えた。

「いや、まだ起きています。どうぞお入りください」

「入りましてもよろしゅうございますか」

「どうぞ御遠慮なく……」と、飯塚君はうながすようにはっきり云った。

「では、ごめんください」

障子をそっとあけて、春子は影のようにすうとはいって来た。それでも無論に遠慮して、男一人の枕もとから努めて遠いところに淑《つつま》しやかに坐っていた。

「なんぞ御用ですか」

「先刻はどうもありがとうございました」と、春子は再び丁寧に礼を云った。

「夜分遅く出ましてまことに失礼でございますが、少々うかがいたいことがございまして……」

「はい」と、飯塚君はうなずいた。

「あの、あなたは先刻わたくしの留守に、ハンカチーフをお届け下さいましたが、その時にわたくしの連れの方があなたに何か申し上げましたかしら」

「いいえ、別に……」

飯塚君はまず曖昧に答えると、春子は蛇のような眼をして相手の顔をじいっと見込んだ。彼女はその返答を疑っているらしかった。

「まったくなんにも申し上げませんでしたか」

「なぜそんなことをおたずねなさるのです」と、飯塚君の方から逆襲した。

「いいえ、ほんとうになんにも申し上げなければよろしいんですが……。もしやあのかたが何かお話し申しはしまいかと存じまして……」

「いや、ハンカチーフをお渡し申すと、わたくしはすぐに帰って来ました。なにしろ御婦人一人のところに長くお邪魔をしているわけにはいきませんから」

「ご道理《もっとも》でございます。どうも夜分お妨《さまた》げをいたしました。お休みなさいまし」

春子は消えるように出て行ってしまった。飯塚君はあとからそっとその座敷を窺いに行こうかと思ったが、夜更けに若い女達の寝床を覗きに行くのも余りに気が咎めるので、そのままに衾を引っ被ったが、とても落ちついて眠られる筈《はず》はなかった。よそながら三番の座敷の動静に気を配って、とうとう夜の明けるまでまんじりともしなかったが、三番の方ではこそりという音も聞こえなかった。

暁け方から雨はやんで、あくる日は上州一面の大空が青々と晴れ渡っていた。爽快な朝の空気のなかに庭いっぱいの若葉が濡れて匂っていた。早朝に風呂に入って、不眠の重い頭を冷たい水で洗って、飯塚君は少しはっきりした気分になって、自分の座敷へふらふら戻ってくると、風呂場へかよう渡り廊下の中ほどで春子と藤江とに出逢った。

「お早うございます」

飯塚君の方からまず声をかけると、ふたりの女も会釈して通った。両方が摺れ違うときに、春子が嶮《けわ》しい眼をしてこちらをじろりと見返ったらしいのが、飯塚君の注意をひいた。

午後になると、二人の女は繋がって外へ出た。それから少し間を置いて、飯塚君もつづいて出た。藤江との約束があるので、彼はすぐに池の方角へ忍んでゆくと、二人の姿は果たしてそこに見いだされた。

春子はやはり熱心にスケッチしているらしかった。藤江はその傍にたたずんでいた。飯塚君は木の間をくぐってだんだんにそこへ近寄ると、春子は真っ先に振り向いた。彼女は怖い眼をして飯塚君を睨んだが、またすぐに寂しい笑顔をつくった。

「御散歩でございますか」

「よい天気になりました」と、飯塚君も笑いながら云った。「なかなか御勉強ですね」

「いいえ、どういたしまして……」と、春子は忌な顔をして眼をそらしてしまった。

藤江は哀れみを乞うような眼をして飯塚君をそっと見たが、これもすぐに眼を伏せて、足下の葦の根に流れよる藻の花をながめていた。

邪魔をするのが自分の役目である以上、飯塚君は早々にここを立ち去るわけにはいかないので、彼はなにかの話題を見つけ出して、それからそれへと休みなしに話しかけると、春子はよんどころなしに手を休めて受け答えをしていたが、堪えがたい憎悪と嫌忌《けんき》の情が彼女の少し蒼ざめた顔にありありと浮かんでいた。自分がこうして邪魔をしていることが、春子に取っては非常の苦痛であるらしいことを飯塚君もよく察していたが、その仔細はやはり判らなかった。

どんな事情があるのか知らないが、いかにも苦痛に堪えないような春子の顔付きをいつまでも残酷に眺めているのは、飯塚君としても随分辛い仕事であった。藤江との約束がなければ無論立ち去るのであるが、一旦それを受け合ったかぎりはその義務を果たさなければならないと、飯塚君も辛抱して一時間ほどもそこに立っていた。

いつまでいても際限がない。もうここらでよかろうと思ったので、彼は二人の女に会釈して池のほとりを離れた。春子の方でもほっとしたであろうが、飯塚君も実はほっとした。そうして、飛んでもない役目を引き受けたのを悔やむような気にもなった。

もう一つ、彼に不安をあたえたのは、春子の物凄いような眼の光であった。彼女は飯塚君と迷惑そうな会話を交換しながら、時々その物凄い眼を走らせて藤江の方を見返っていた。それは獲物を狙うときの蛇の眼であった。飯塚君はなんということもなしに藤江という女が可哀そうになって来た。

「ひょっとすると、あの春子という女は実は女装した男で、藤江という可憐の女を誘拐して来ているのではあるまいか」

飯塚君はそんなことまでも考えるようになった。そうして旅館の門前までぶら、ぶら引っ返して来たが、俗に胸騒ぎというのでもあろうか、ある怖ろしい予覚が突然に彼の胸に湧いて来た。自分の立ち去ったあとで、あの二人はどうしたであろうか。それが何だか気にかかってならないので、飯塚君は急に方向を変えて、もとの池の方へ再び忍んで行った。

午後二時ごろの日光は桜の青葉を白くかがやかして、そこらで蛙の鳴く声が静かに聞こえた。そよりとも風の吹かない日で、大きい池の面《おもて》は一つの皺《しわ》をも見せないで、平かに淀んでいた。

飯塚君が二人の女に一旦別れて再びここへ引っ返して来るまでに、多く見積もっても十五分を過ぎない筈であった。その短い時の間に、二人の上にどういう急激の変化が起こったのか知らないが、春子と藤江との影が池の汀にもつれあって、闘っているらしかった。闘っているというよりも、徴弱な抵抗を試みている藤江を春子が無理無体に引き摺って行こうとしているらしかった。飯塚君はいよいよ驚いて駈け寄ろうとする間に、藤江は春子にするするすると引き摺られて行って、池の底へ見るみる沈んでしまった。

あっけに取られてしばらくは口も利けなかったが、飯塚君はやがて大きな声で人を呼んだ。自分も水泳の心得があるので、すぐに衣服《きもの》をぬいで水の中へ飛び込むと、池は想像以上に深かった。

飯塚君の声を聞きつけて、遠い桑畑から三、四人の男が駈けて来た。彼らも飯塚君に力を合わせて、ようように二人の女を水の底から担ぎあげると、二人ともにもう呼吸はなかった。春子は藤江をしっかりとかかえていた。汀には描きかけた水彩画の紙がずたずたに引き裂かれて落ち散っていた。

五

温泉旅館に滞在している若い女二人が同時に池に沈んだのである。土地の騒ぎは云うまでもない。二人は旅館へ運ばれて、いろいろに手当てを加えられたが、春子はどうしても生きなかった。藤江は幸いにその魂を呼び返された。しかし彼女は口を噤《つぐ》んで何事も打ち明けなかった。

あまりに神経を興奮させてはよくないという医者の注意によって、駐在所の巡査も取り調べを中止して一旦引き揚げた。

春子の死体は別室に移された。藤江はやはり三番の座敷に横たわっていた。その枕もとには宿の女中が替るがわるに坐っていた。夜の九時頃である。飯塚君がその容態を見に行くと、女中のお勝が看病に来ていた。

「どうです。その後は……」

「もう大丈夫だとお医者も云っていました」と、お勝は囁いた。「今は少しうとうと眠っていらっしゃるようですよ」

「そう」と、飯塚君も安心して枕もとに坐った。そうして藤江の真っ蒼な顔を差し覗くと、彼女は薄く眼をあいた。

「どうです。心持ちはもうすっかり快《よ》うござんすか」

「いろいろと御厄介になりまして相済みません」と、藤江は徴かに云った。

「あなたはもう大丈夫です。御安心なさい」

「もう一人のかたは……」

飯塚君はお勝と顔をみあわせた。

「もういけませんか」と、藤江はそれを察したらしく云った。

なまじいに隠すのは悪いと思って、飯塚君は正直に事実を話した。それからお勝を遠ざけて、彼は藤江にさとすように云い聞かせた。

「そこで、春子さんという人がもういけないとすると、宿の方でも相当の手続きをしなければなりません。先刻すぐに東京へ電報をかけると、小石川にはそんな者はいないという返事がきました。もうこうなったら仕方がありませんから、あなたがたの身分や本名を正直に云ってくれませんか」

藤江は蒲団に顔を押し付けて黙っていた。

「一体あの春子さん……むろん偽名でしょうが……という人はどこの人です」と、飯塚君はまた訊いた。「あの人はなぜ毛染薬を用いているのですか」

吃驚《びっくり》したように藤江は顔をあげた。

「あなた、どうして御存じです」

「わたくしの座敷の鏡台の抽斗からあの人のぬけ毛を発見しました。わたくしは薬剤師です。そのぬけ毛になにが塗り付けてあるかということは直ぐに判ります」

藤江はまたしばらく黙っていた。

「わたくしの邪推かも知れませんが、あの人はそれを苦にして、あるいはそれがなにかの原因となって、死のうと思い詰めたのじゃありませんか」と、飯塚君はかさねて寄った。

一々に星を指されたらしく、藤江は俯向いて考えていたが、とうとう思い切ったように起きなおった。彼女は電灯の光を恐れるように眼を皺めながら、うるんだ睫毛《まつげ》を幾たびかしばたたいた。

「皆さんにも御心配をかけまして重々相済みません。仰る通り、あのかたが死んでしまった以上は、もういつまでも隠しているわけにはまいりません。宿帳に記してありますのはみんな偽名で、あのかたは矢田秋子《やたあきこ》さんと仰るのでございます。わたくしは宮島辻子《みやじまつじこ》と申します」

矢田と宮島、この二つの姓を一緒にならべられて、それが二つながら富豪の実業家であるらしいことを飯塚君は思い出した。試みにその親たちの名を指して訊くと、藤江の辻子はそれに相違ないと答えた。

「矢田秋子さんはどういうものか子供の時から白髪が多くて、十六、七の頃にはもう七十以上の女のように真っ白になってしまいました。秋子さんはひどくそれを苦にやんで白髪染めの薬を始終塗っていましたが、努めてそれを秘密にしていたので、ほんとうに仲の好い二、三人のお友達のほかには、世間では誰も知らないようでした」

「すると、あなたも親友のお一人なのですね」

「はい」と、辻子は眼をふきながら答えた。「御覧の通り、わたくしもまた子供の時から強い近眼で十七、八の頃から盲目同様になってしまいました。宿帳にわざとわたくしを年上のように書いて置きましたが、実は秋子さんと同い年で、どちらもことし二十歳でございます。どちらもこういう身ですから、自然に二人が特別に親しくなって、まるでほんとうの姉妹のように、どんな秘密も明かし合って親密に交際していました。そうして、二人とも一生独身で暮らそうと約束しました。ところが、この二月頃になって秋子さんに結婚の話が始まったのでございます」

云いかけて辻子はすこし躊躇した。飯塚君はあとを催促するように追いかけて訊いた。

「では、その結婚問題から面倒が起こったのですね」

「まあ、そうでございます。これはわたくしの邪推ばかりでなく、大勢の人達から確かに聞きましたところでも、秋子さんは大層その縁談に気乗りがしていたようでした。その相手の男の名は申されませんが、それは立派な青年紳士でございます。

一生独身で暮らすと約束しながら……しかしそれも秋子さんの身になって無理もないことだと存じまして、わたくしも蔭ながらその縁談のなめらかに進行することを祈っておりますと、いよいよという間ぎわになって先方から破談になりました。誰が洩らしたのか知りませんけれど、白髪染めの秘密が相手の男の耳に入ったのだそうです。わたくしも心からお気の毒に思いました。

秋子さんも非常に失望して、その当座は毎日泣いていたとかいうことです。ところが、ここに不幸なことは、その縁談の相手の男というのはわたくしの家の親戚にあたる者で、わたくしも平素から識《し》っているのでございます。で、秋子さんは……何だかわたくしを疑っているらしいのです。白髪染めの秘密はわたくしの口から漏れたのではないかと疑っているようにも思われるのです。つまり独身生活の約束を破ろうとするのをわたくしが怨んで、故意に秋子さんの縁談に邪魔を入れたと、こう思っているらしいのでございます。

秋子さんはその以来、いっそ死にたい死にたいと口癖のように云っていましたが、先月の中旬になって、いよいよわたくしも一緒に死んでくれと云い出したのでございます」

秋子の我儘《わがまま》を憎みながらも、飯塚君は黙って聴いていると、辻子はひと息ついてまた語り出した。

「その時にいっそきっぱりと断ったらよかったかも知れません。無論、わたくしも一応は秋子さんに意見しましたが、秋子さんはどうしても肯《き》かないのでございます。

そればかりでなく、わたくしもこの身の上で生きていても詰まらないと思ったことも、今までにないことはございません。第一にわたくしの心を寂しくさせたのは、秋子さんの結婚問題でございます。いいえ、同性の恋などというものじゃありませんけれども、一生きっと独身で押し通すとあれほど堅く誓って置きながら、勝手にその約束を破ろうとする。して見ると、親友などというものも決して的《あて》にはならないものだと思いまして、実を申せばなんだかこの世が頼りないような果敢《はか》ないような、寂しい悲しい心持ちになっているところへ、秋子さんからその相談をかけられて、わたくしもとうとうその気になってしまいました。

それから二人は親の金を持ち出して、どこか人の知らないところで死のうと約束して、まずここへまいりました。ところが御承知の通り、先月の末には毎日のように雨が降りましたので、どうすることも出来ませんでした」

「雨が降ったので……」と、飯塚君は腑に落ちないような顔をした。自殺と花見とは同一でない以上、なにも天気をえらむ必要もなさそうに思われた。

「それには訳があるのでございます。秋子さんは水彩画が大層お上手ですから、のちの形見に自分の死に場所をスケッチして、世の中に残して置きたいという考えで、ここの池の景色を描こうとしたのですが、雨が降りつづくのでひと足も外へ出ることが出来ません。東京の家の方でもきっと秘密に捜索しているに相違ないと思いますと、いつまでも一つ所に滞在しているのは不安だと思いまして、ふたりはとうとうここをあきらめて、近所の山の中の温泉場へまいりましたが、そこは案外に雑沓《ざつとう》していますので、やっぱり先《せん》のところがよいということになって、もう一度ここへ引っ返して参りましたのでございます。

こうしてあっちこっちさまよっておりますうちに、わたくしの考えはだんだんに変わってまいりまして、何のために死のうとするのかはっきりと判らなくなって来ました。わたくしはやっぱり生きていたくなりました。しかし秋子さんはもう堅く思いつめているので、わたくしの意見などはどうしても肯きません。殊にわたくしの決心がだんだんにぶって来たらしいのを見て、わたくしの挙動を厳重に監視するようになりました。秋子さんはどうしてもわたくしを一緒に殺そうとしているのでございます。

それは前にも申し上げた通り、白髪染めの秘密をわたくしが洩らしたと疑っているせいもありましょう。わたくしも一旦約束した以上、秋子さんを振り捨てて逃げようとは思いません。また逃げようとしても秋子さんが逃がしますまい。所《しょ》詮《せん》どうすることも出来ない運命と覚悟はしていながらも、一寸のがれに一日でも、長く生きていたいような未練から、こっちへ今度まいりましても雨のつづくのを祈っておりました。

秋子さんが池のスケッチを描きあげる日がわたくし共の最後の日でございます。あなたに邪魔をしてくれとお願い申したのもその為でございましたが、それが禍《わざわい》の種になって、とうとうこんなことが出来《しゅったい》してしまいました」

これでいっさいの事情は判明した。この長い話を聴いているうちに、飯塚君は女というものについていろいろのことを考えさせられた。

「そうすると、まだその水彩画を描きあげないうちに、突然死ぬことになったのですね」

「秋子さんはわたくしがあなたに何か頼みはしないかと疑っていたのでございます。ところへ、あなたが今日わたくしどものあとを追ってお出でになりまして、いつまでもスケッチの邪魔をしていたのを見て、いよいよそれに相違ないと思いつめてしまったのでございましょう。

あなたのうしろ姿が見えなくなると、秋子さんは描きかけているあの絵をずたずたに引き裂いてしまって、もう一刻も躊躇してはいられないから、さあすぐに一緒に死のうと突然云い出したのでございます。わたくしは何だか急に怖ろしくなりましたが、逃げる訳にもまいりません。大きい声を出す訳にもまいりません。ただおどおどしてふるえていますのを、秋子さんは無理無体に引き摺って行って……。それから先はなんにも存じません」

二人の女の身許が確かに判ったので、宿からはすぐに電報を打つと、あくる日の午前中に両方の家から迎《むか》いの者が来て、死んだ女と生きた女とを秘密に受け取って行った。

三番の座敷はこれで空いたが、飯塚君は再びそこへ戻る気にもなれなかった。それでも一度その空座敷へ入って、そっと鏡台の抽斗をあけて見ると、薄気味の悪い女のぬけ毛が隅の方からたくさんに見いだされた。それにはみな毛染めの薬が血のように黒く泌《し》みていた。

椰子《やし》の実

一

「ほんとうにこてちゃんは可哀そうでしたわねえ」と、二十歳《はたち》ばかりの丸顔の芸《げい》妓《しゃ》がサイダーの罎《びん》の口をぬきながら、庇髪《ひさしがみ》の額を皺《しわ》めて低い嘆息《ためいき》をついた。

「それも何かの報いだろう」と、安井《やすい》君は大きなバナナの実を頬張りながら云った。

「まあ、可哀そうに。こてちゃんはそんな悪い人じゃありませんでしたわ」

「一体そのこてちゃんとか、ごてちゃんとかいうのは何者です。やっぱり芸妓ですか」と、私はサイダーの洋杯《コップ》をとって芸妓につがせながら、安井君を見かえった。

「芸妓ですよ」と、安井君はすぐに首肯《うなず》いた。「一時はなかなか流行妓《はやりっこ》でね。シンガポールの日本人でこてちゃんの名を知らない者はないくらいでしたよ。ほんとうの名は小鉄《こてつ》で、それを約《つづ》めて一般にこてちゃんと呼んでいたわけなんです。そのこてちゃんがちょうど去年の今頃に死んで、あしたがその一周忌の御命日にあたるというので、今もその噂が出たんですよ」

　この話をしている我々三人は、マレー半島の一角に横たわっている小さい島——シンガポールの町の、ある料理屋の三階に食卓を取りまいているのであった。家は無論に西洋作りであるが床には日本の畳を敷きつめて、型ばかりの床《とこ》の間には墨絵の山水の新しい軸がかけてあった。窓には紅い硝子の風鈴が軽い音を立てて、南の海の夕風にゆらめいていた。

　欧州航路の〇〇丸が日本へ帰航の途中、このシンガポールに寄港したので、印《イン》度《ド》洋の暑さに茹《ゆだ》っている乗客は我先にと争って上陸した。

　私も早朝から上陸して、かねて紹介状をもらっていたS商会をたずねると、あいにくにその若主人はゴム園の用向きで向こう河岸《がし》のジョホールへ旅行していて留守であったが、安井君という若い店員が初対面の私をひどく懐かしそうに迎えてくれて、自動車でまず市中を見物させて、それから市外のゴム園へも案内してくれた。

　午飯《ひるめし》はある外国ホテルで済ませたが、晩飯には日本の料理店や日本の芸妓とを紹介しようというので、安井君はこの町における日本の花柳界《かりゅうかい》と称せられているマレー・ストリートの日本人町へ自動車を向けさせて、東京式の屋号を付けて某《ある》料理店へ私を誘い込んだのであった。

いろいろの贅沢をいっている場合でない。ともかくも久し振りで日本式の風呂に入って、日本の畳の上にあぐらをかいて、日本の浴衣の胸をくつろげて、団扇《うちわ》をばさばさと使った心持ちは、なんともいえないほどに悠暢《のびのび》したものであった。

「シンガポールへ帰ると、もう日本へ帰ったようだというが、まったく本当ですね」

「日本へ帰ったというほどにも行きませんが、まあ日本らしい風が少しはそよそよと吹きますね」と、安井君は芸妓の配りものらしい古団扇で頭をしきりに煽ぎながら笑っていた。「だが、御覧なさい。みんな去年の古団扇で、これじゃあ余りいい風は出ませんよ」

安井君はここらでも相当に顔が売れているらしく、芸妓や女中などを相手にしてしきりに冗談などを云い合っていた。ここでおもな料理店はどことどことで、芸妓の頭数は四十人ほどあるということなどを私にも説明してくれた。

そんな話をしているうちに、かのこてちゃんの小鉄の噂が偶然に安井君と芸妓との間に持ち出されたのであった。そうして、このこてちゃんの死がどうも普通の病死ではないらしいのが私の注意を惹いた。

「そのこてちゃんはどうして死んだのです。心中でもしたのですか」

「心中……。いや、そんな粋《いき》なことじゃないんです。心中なら早速あなたの材料になるかも知れませんが……」と、安井君は皓《しろ》い歯を少しみせたが、やがてまた真面目になって、ハンカチーフで口のまわりを撫でた。「しかし材料にならないこともありませんね。ちょっとまあ変わっている死に方なんですから」

「もうそんな話、お止しなさいよ」と、芸妓は手を振った。「あたし、あの時のことを考えると今でもぞっとするわ」

「聴くのが忌《いや》ならあっちへ行きたまえ。僕はこの先生にお話をするんだから。いや、君もここにいてくれた方がいい。僕の忘れたところは君に教えて貰うから」

「あら、忌ですわ」

　まさか逃げるわけにもいかないらしく、若い芸妓は顔を顰《しか》めたままで、やはり食卓の前を離れなかった。女中がいつの間にかスイッチをひねって行った電灯は十五畳ばかりの座敷を明るく照らして、むき捨てたバナナの皮にあつまってくる蠅《はえ》の翅《つばさ》も鮮やかにみえた。窓の風鈴は死んだように黙ってしまった。

「風が止まった」と、安井君はからだを捻《ね》じむけて、窓の間から暗い空を仰いだ。

「驟雨《シャワー》が来るかも知れません。一遍ざっとくると、あとはよほど凌《しの》ぎよくなるんですが……。それでも一年中でこの頃が一等凌ぎいいんです」

ここらでは二、三月頃が最も暑く、七、八月のこの頃は最も涼しい時節であると、安井君はシンガポール地方の気候を説明して、さらに本題のこてちゃんの一件に取りかかった。

こてちゃんの小鉄は十九の年に本国からこの土地へ出稼ぎに来て、去年の夏であしかけ三年目であった。小鉄の身許をよく知っている者はなかったが、神奈川の生まれで、横浜でも少しばかり稼いでいたことがあると本人自身は云っていた。

細面《ほそおもて》で鼻の高い、肉付きのかなりいい、それで背のすらりとした、いかにも容姿《すがた》のいい女で、髪の毛が少し黄ばんでいるのと、鈴のような眼が少し窪《くぼ》んでいるのと、この二つの小さな瑕《きず》を見つけ出して、神奈川生まれだけにおそらく混血だろうなどという客もあったが、それとても別に取り留めた証拠があるのではなかった。あまりはしゃいだ質《たち》でもなかったが、ひどく沈んでいるという程でもなく、渡り者の多いここらの花柳界ではまず上品な部に数えられて、土地でもいい客筋の座敷が多かった。

その小鉄が去年の八月、明日があたかもその命日にあたるという日に、椰子林のなかで不思議の死を遂げたのである。

安井君の説明によると、小鉄はその前夜、土地の南風楼《なんぷうろう》という料理店へ聘《よ》ばれた。聘んだ客は六十近い外国人で、なにかの商売でジャワの島へ渡るのだと云っていた。ここからジャワへ渡る船は一週間に一度ぐらいしか出ないので、船待ちの客はどうでもこの町に滞在して、ゴム園見物などに日を暮らすよりほかはない。

その外国人もやはり海岸のホテルに逗留して、土曜日の出帆を待ち合わせているとのことであった。その晩その座敷へ聘ばれたのはかの小鉄と、もう一人は花《はな》吉《きち》という若い芸妓であった。

「その花吉はこれですよ」と、安井君は我々の前にいる芸妓を団扇で示した。

「すると、君もこの事件の関係者なんだね」と、私は一種の好奇心にそそられて、今更のように女の顔をながめた。

「関係者という訳じゃないんですけれど……」と、花吉は打ち消すように云った。

「その晩、こてちゃんと一つお座敷に出たのは本当なんです」

「その外国人は英国人で、日本語もよく出来たそうだね」と、安井君は芸妓の話を釣り出すように云った。

「ええ。なんでも横浜にも神戸にも久しくいたことがあるとか云って、日本の詞《ことば》もなかなかよく出来ましたよ。その晩は別に変わったこともなくって、あたしたちは八時頃から十時頃まで、ちょうど二時間ばかりもお座敷を勤めて帰りました。今もいう通り、その外国人は日本語もよく出来るくらいですから、日本のお料理をなんでも喫《た》べて……。箸《はし》の持ちようなんぞも巧いんですよ。お刺身なんぞも喜んで喫べていました」

「ところで、それだけならば別に問題も起こらなかったんだが、そのあくる日の昼ごろにも南風楼へまたやって来て、今度は小鉄ひとりを聘んだのです」と、安井君は云った。「それから一緒に午飯を食って、自動車をよんでもらって、小鉄と相乗りでゴム園や植物園を見物に行った。それは誰でもすることで別に不思議もないんですが、事件はそれからで……。その英国人が小鉄を連れて南風楼を出て行ったのは、なんでも午後の二時頃で、それから一時間ほど経ったかと思う頃に、ここの名物の驟雨がどっと降り出して、半時間ばかりは眼の先も見えないほどに降り続けたんです。勿論、ここらの人間は年中馴れ切っていますから、驟雨なんぞは別になんとも思っていませんでしたが、その雨もやんで、日が暮れても、小鉄は帰って来ないんです。抱え主の方から念のために南風楼へ聞きあわせると、ここへも帰って来ないというんです。それでもまあ、お客と一緒に出たんですから、抱え主の方でも安心していると、夜が更けても小鉄は帰って来ない」

　ここまで話してくると、若い芸妓は眉をすぼめて安井君のそばへ摺り寄っていった。

「安井さん、もうお止しなさいよ」

「馬鹿。これからが大事のところだ。夜があけると、郊外の椰子の林のなかに倒れている女があるのが発見されて、だんだん調べてみると、それが小鉄だということが判ったんです。医師の検案によると、小鉄の死因は頭を強く打たれたので……。髪も着物もぐしょ濡れになっているのを見ると、昨日の驟雨が降ってくる前か、あるいは降っている最中かに、そこで変死を遂げたらしいんです。相手の英国人はどうしたか判らない。なにしろ、大事の稼ぎ人を殺したんですから、抱え主の騒ぎは尋常ではありません。町中の評判もまた大変で、流行妓のこてちゃんが死んだことについていろいろの想像説が尾鰭《おひれ》をつけて云い触らされる」

「あなたなんぞは一番先に触れてあるいた方ですわ」と、花吉は上眼《うわめ》で安井君を睨んだ。

「僕ばかりじゃない。実際、みんなが大問題にして騒いだよ」と、安井君は口の先を少し尖《とが》らせた。「で、一方には連れの英国人を穿索《せんさく》すると同時に、当日その二人を乗せて行った自動車の運転手が警察で調べられた。運転手はマレー人で、南風楼でもふだんから顔を見識っている正直な人間です。この運転手の申し立てによると、彼は英国人と小鉄とを自動車にのせて、郊外のゴム園の方角へ走らせて行く途中で、小鉄はうしろからハンカチーフを振って運転手をよび止めた。そうして、片言《かたこと》のマレー語で、もうここらでいいから降してくれと云った。運転手は素直に車を停めると、二人はすぐに降りて来て、自分達はこれから歩いて行くから、おまえはもう帰ってもいいと云った。その車代や祝儀はみんな小鉄が払ったそうです。ここで自動車を帰してしまって、その帰りにはどうするつもりだったか知らないが、運転手は貰うだけのものをもらって、やはり素直に引っ返してしまった。彼の申し立てはこれだけで、その後のことはなんにも知らないというんです。それから英国人のありかを探すと、それが容易にわからない。外国人の泊まるホテルの数《かず》は知れているんですが、どこにもそれらしい人間は泊まっていない。南風楼でも昨日今日の客であるから、なんという人か知らない。警察でもだんだん調べていって、結局それはビーチ・ホテルに滞在していたリチャード・ダルトンという英国人らしいということに決着したんですが、そのダルトンは翌日の朝、ホテルの勘定を済ませてどこへか立ち去ってしまったんです」

「むむう」と、私は溜め息をつきながら首肯《うなず》いた。

「ねえ、おかしいでしょう。けれども、そのダルトンという老人が直接に小鉄を殺したと決めるわけにもいかないんです。小鉄は頭を打たれて死んだのですから」

その意味が私にはよく判らなかった。頭を打たれて死んだからといって、それが他殺でないとは云われない。むしろ他殺として有力な証拠ではあるまいかとも思われたので、私は黙って相手の顔を見つめていた。

二

安井君は私に教えてくれた。小鉄が頭を打たれて死んでいたのは椰子の林の中である。椰子の林ではこうした悲惨な出来事がある。勿論、滅多にそんなことはないのであるが、大きい椰子の実が高い梢《こずえ》から落ちて来た場合に、うっかりその下に立っていて、硬い重い木の実で脳天を強く打たれたが最後、大きい石に打たれたと同じように、人は樹根を枕にして倒れてしまうのである。外国人は平生注意しているので、その禍《わざわい》に出逢うものは極めて稀《まれ》であるが、現地人は往々油断してその犠牲《いけにえ》になることがある。

小鉄の死に場所が椰子の林であるだけに、その頭を打ったものは人間か木の実か、容易に判断をくだすことが出来ない。若い美しい芸妓が椰子の木の下をうろついているところへ大きい木の実が突然に落ちて来て、その脳天を無慙《むざん》に打ち砕いたのかも知れない。もし果たしてそうならば、単に一場の悼《いた》ましい出来事として、その不運を憐れむよりほかはない。同伴者のダルトンを疑うわけにはいかない。

しかしダルトンにも後ろ暗い点がないでもない。もしそういう非常の事件が発生したならば、同伴者の彼は当然その付近の人家へ駈け付けて、その出来事を報告しなければならない。そうして、彼として能《あた》うかぎりの手当てをも加えなければならない。椰子の実に頭を砕かれた若い女を、そのまま見捨てて逃げ去るという法はない。異常の恐怖におそわれて、前後の分別もなしに逃げ出したといっても、若い者ならば知らず、もう六十にも近い老人としてはあまりに軽率である。警察でもこの点において、かのダルトンも一応の詮議を受けなければならない。手を分けて、かれのゆくえを捜索した。

安井君の話がここまで運んで来たときに、私の胸にふと泛《うか》んだのは、そのダルトンという老人がどうも直接の犯罪者ではないらしいということであった。それはなぜだか自分にも確実には判らなかったが、ふだんから外国の探偵物語などを耽読《たんどく》していた私の予備知識が、ただなんとなしにそう教えてくれたらしく、小鉄の死については、なにか他の一種の秘密が潜んでいるように感じられてならなかった。

それで、私は話の中途から喙《くち》をいれた。

「その小鉄という女には情夫《おとこ》のような者はなかったのですか」

「ごもっともで……」と、安井君は微笑みながら首肯いた。「誰でもまずそこに眼をつけそうなことです。警察は勿論、我々もみんなその方面を物色することになりました。ところが、それがどうも確実に判らない。いや、判っていてもみんなが隠していたのかも知れない。現にこの人なんぞも……」

「あら」と、花吉は頓狂《とんきょう》な声を出して、ハンカチーフで安井君の膝を打った。

「あたし、ほんとうになんにも知らなかったんですわ」

「まあ、いい。とにかく誰も知らないというので、一向に手がかりが付かない。けれども、ここらへ来ているくらいの女に……。いや、君はまあ別だが……」と、安井君はもう一度振り上げそうな芸妓のハンカチーフを団扇で防ぎながら云った。

「実際、情夫の一人ぐらいは無いはずがない。利口でおとなしい女だから、きっと朋輩《ほうばい》たちにも隠していたに相違ない。こういう議論が勝《かち》を占めて、我々も暇をつぶして素人の探偵を試みたくらいですが、どうも巧く探し出すことが出来ない。で、一方は小鉄の死骸の始末ですが、なにしろ暑い国ですから、いつまでもうっちゃって置くわけにはいかないので、その翌日の夕方に郊外の共同墓地へ葬ることになりました。流行妓でもあり、そういう悲惨の死に方をしたというのに対して世間の同情もあつまって、会葬者も沢山、なかなか立派な葬式でした。その葬式の出るころに、また例のシャワーが烈しく降り出して、会葬者は大難儀」

「あなたもびしょ濡れでしたわね」と、花吉は笑いながら云った。してみると、安井君も当日の会葬者の一人であったらしい。

「そんなことはどうでもいい」と、安井君は少し慌てたように打ち消した。「しかしまあその葬式は無事に済んで、会葬者は思い思いに引き取る。抱え主の家でもその晩だけは商売を休んで、仏壇にお燈明や線香を供えていた。すると、花ちゃん、何時頃だったっけね」

「もう十一時頃でしたわ」

「むむ、その晩の十一時頃に入口の扉《ドア》をそっと叩く者がある。みんなも薄気味悪がって、始めは容易に出て行く者もなかったんですが、結局、抱え主の女将《おかみ》が度胸を据えて……。といっても、やっぱり内心はぶるぶるもので、ともかくも扉を少しあけると、星明かりの軒下に一人の大きい男が突っ立っていたんです。顫《ふる》え声でどなたですかと訊くと、その男は日本語で『静かにして下さい』と云ったそうです。しかしそれが日本人でないことをすぐに覚ると、女将はまたぎょっとした。というのが、日本語をよく話す外国人、おそらく小鉄をゴム園見物に誘い出した外国人に相違あるまい――と思うと、人間は不思議なもので、今まで弱かった女将が急に強くなって……。いや、強くなったというよりも、憎いと口惜《くや》しいとが一度にかっと込み上げて、もう怖いのも忘れてしまったんでしょう。跣足《はだし》で表へ飛び出して、いきなり相手の腕にしがみついて、おいおい泣き出して、咽喉が裂けそうな声で畜生、畜生と呶鳴ったそうです。それを聞いて、ほかの抱妓《かかえ》や女中どももばたばた駈け出してくる。相手の外国人は『静かにしてください』と、しきりに宥《なだ》めながら、女将にひき摺られて内へ入ってくる。ここにいる花吉が証人で、その男はたしかに小鉄を聘《よ》んだ老人に相違ないんです。なにしろその老人が小鉄を殺したものと一途《いちず》に思い詰めているんですから大騒ぎで、すぐに巡査でも呼んで来そうな勢いです。それを老人はしきりに取り静めて、衣兜《ポケット》から小さい状袋に入れた物を出して、これを小鉄の遺族にやってくれという。封をあけると、五千弗《ドル》の銀行切手が入っていたので、みんなもまた驚いた。しかしなかなか油断は出来ないので、ただじっとその老人の顔を見つめていると、彼は眼を湿《うる》ませて小鉄の悔やみを述べて、無理にその五千弗《ドル》を女将に押し付けて行ってしまったんです」

話がいよいよ入り組んで来たので、私もその晩の人達と同じように、瞬《また》きもしないで相手の顔を見つめていると、安井君は洋杯のサイダーをひと口飲んでまた話しつづけた。

「五千弗という金に眼が眩《く》れた訳でもないんですが、その老人の様子がいかにも殊勝《しゅしょう》で、心の底から小鉄の死を悲しむようにも見えた。その誠心《まごころ》に感動したとでもいうのでしょうか。女将も、始めとは打って変わって、半分は烟《けむ》にまかれたような心持ちで、その老人をおめおめと帰してしまったんだそうです。しかし、そのままにして置くわけにはいかないので、あくる朝その次第を警察へ届けて出たので、世間の評判はまた大きくなって、その老人は小鉄を殺した罪滅ぼしに、そんな大金を届けに来たのだろうという説もありました。すると、またここに一つの事件が起こったんです。郊外の椰子の林——ちょうどかの小鉄が死んでいたのと同じ場所で、また一人死んでいた。いや、一人じゃない、一人と一匹が死んでいるのを発見したんです」

「一人と一匹……」と、私は首をかしげた。「一匹とはなんです。犬ですか」

「猿です。地元の人と猿とが殺《や》られたんです。これは疑う余地もない他殺で、人間も猿もピストルで撃たれたんです。それが今もいう通り、小鉄と同じ死に場所だからおかしいじゃありませんか。あなたはそれをどう解釈します」

「さあ」

　私はかさねて首をひねった。安井君は無論この秘密の鍵を握っているに相違ない。芸妓もこの謎を解いているであろう。ここに向かい合っている三人の中で、迷いの霧に閉じられているのは私一人である。私は何だかじれったいような心持ちにもなったが、この場合どうすることも出来ないので、ただ黙って相手の教えを待つよりほかはなかった。

「被害者は椰子の林の番人で、一日に三度ずつそこらを見廻って歩くんです」と、安井君はおもむろに説明した。「ですから、誰か椰子の実を盗みに来た者があって、それを取りおさえようとして撃ち殺された——と、まあ解釈するのが普通でしょう。猿は被害者が飼っているのですから、主人を助けようとしてこれも一緒に殺された——と、こう考えれば理屈が付く。で、警察でもその方針で捜査を始めたんですが、ここに一つの疑問は、その殺人事件が小鉄の事件と全然無関係であるか、それとも何かの糸を引いているかということで、もし無関係ならばなんにも議論はないが、万一なにかの関係があるとすれば、事件はすこぶる複雑になるわけで、我々は一種の興味をもってその成り行きをうかがっていました」

安井君がこう云う以上、この二つの事件が何かの関係を持っているらしいことは容易に想像されたが、美しい若い芸妓とマレー人と猿と、この三つをどう結び付けていいか、私にはやはり判らなかった。

窓の風鈴が急に眼をさましたように忙しく鳴り出したかと思うと、生温い風がすうと吹き込んで来た。

土地っ子の二人は顔を見あわせると、花吉はすぐに立って窓を閉めた。その窓硝子を叩き割るかとも思われるような大きな礫《つぶて》が忽ちばらばらと落ちて来て、この町一円を押し流しそうな驟雨が滝のようにどうどうと降り出した。座敷の中は蒸し暑くなった。

三

「どうもひどい驟雨《ふり》ですね」

「いつもこうです」と、安井君は平気で答えた。「なに、直《じき》に歇《や》みますよ」

雨の音があまりに強いので、話し声はそれに打ち消されたようにしばらく途切れた。女中が二階や三階を見回りに来たので、安井君はさらにビールと肴《さかな》とを注文した。

「そこで、マレー人と猿の一件ですがね」と、安井君は表の雨の音と闘うように調子を少し張りあげた。

「お話は前に遡《さかのぼ》りますが、かの小鉄の死体が発見された当時、その死体の傍に椰子の実は落ちていなかったんです。ところが、今度は二つの椰子の実が二つの死体の傍に転げていた。といって、椰子の実で頭を撃たれた形跡はない。人間と猿とは確実にピストルで撃ち殺されたに相違ない。こういう風に、すべての事が反対にいっているので、いよいよ判らない。しかし一方のリチャード・ダルトンという英国人はジャワ行きの船に乗るはずで、すでに船室《キャビン》まで予約してあるから、たといどこに忍んでいようとも出帆の際には姿をあらわすだろう。そこを取りおさえて訊問したらば、小鉄の死について何かの秘密が判るかも知れない。あるいは彼自身がその犯人であるかも知れない。こういう考えで警察の方でも専《もっぱ》ら波止場《とば》を警戒していると、ジャワ行きの船がいよいよ出帆するというその前夜、海岸で突然にピストルの音が二発つづけて聞こえたので、土地の者もおどろいて駈けて行く。むろん警官も駈け付ける。そうして、今逃げ出して行こうとする一人の中国人を取り押さえると、少し離れたところには外国人が倒れている。それがすなわちダルトンで、左の腕を撃たれて負傷していたんですが、幸いに重傷ではないので、すぐに彼を病院へ送ると同時に、その加害者と認められる中国人を警察へ拘引して、厳重に取り調べると、ここに一切の秘密が明白になりました」

「その中国人とダルトンとの間には、どういう関係があるんですか」と、私は待ちかねて訊いた。

表の雨の音がだんだん静まるにつれて、安井君も落ち着いた声で静かに話しつづけた。

「中国人とダルトンとは従来なんの関係もない人間であったんですが、ダルトンがこの土地へ渡って来てから一種の関係が繋《つな》がったんです。この二人を継ぎ合わせる楔子《くさび》はかの小鉄で、小鉄はダルトンの娘であるという事実が判った時には我々も意外に思いました。小鉄を混血児だなんていったのは、あながちに人の噂ばかりでもありません。小鉄は実際英国人と日本人との間に生まれた女であったんです。ダルトンが横浜に住んでいた時に、小鉄の阿母《おふくろ》を妾《めかけ》同様にしていて、その間に小鉄が生まれた。そうして、小鉄が七つか八つのときに、ダルトンは本国へ一旦帰ることになって、相当の金を渡して別れたんですが、小鉄の阿母というのはあまり身持ちのよろしくない女で、二、三年のうちにその金を烟《けむ》にしてしまって、小鉄が小学校を卒業すると同時に、横浜の某芸妓屋へ半玉《はんぎょく》にやった。小鉄もこの阿母のためには随分苦しめられたらしいんですが、阿母が死んでから間もなく、このシンガポールへ住み替えに出て、まあいい塩梅《あんばい》に売れていたんです。それでおとなしく辛抱していれば無事だったんですが、厄介者《やっかいもの》の阿母がいなくなって、本人の気にもゆるみが出る。商売の方も繁昌する。こうなると、とかく魔がさすもので、小鉄はいつの間にか梁福《リヤンフー》という若い中国人と関係を付けるようになったんです」

「その中国人は何者ですか」

「御承知の通り、この土地には中国人が十七、八万人も移住しています。その三分の一は福建《ふっけん》省の人間です」と、安井君は説明した。「梁福もやはりその地方の生まれで、以前は広東《カントン》のあたりで、俳優か何かをしていたこともあるそうです。こっちへ来てからは同国の商人の店に雇われて、うわべは真面目らしく働いていましたが、実際は博奕《ばくち》などを打って遊びあるいている道楽者で、小鉄を食い物にするつもりか、それとも本当に惚れ合ったのか、とにかく両方が深い馴染みになってしまったんです。しかし相手が中国人だけに、周囲の者もちょっと気が付かない。小鉄もむろん秘密にしていたので、誰も知らない。そこでまあ無事に済んでいるうちに、かのダルトンという老人が突然にあらわれた。ダルトンは久し振りで横浜へ帰ってくると、小鉄の阿母はもう死んでしまった。娘のゆくえは知れない。だんだん詮議すると、シンガポールへ出稼ぎに行っていると判ったが、すぐに会いにいくわけにも行かないので、ついそのままになっていると、今度商売用でジャワへ出張することになったので、この機会をはずさずに恋しい娘の顔を見ようと、シンガポールへ上陸するのを待ちかねて、すぐに南風楼へ行って小鉄をよんだというわけです」

商売用を兼ねているとはいえ、旅から旅をさまよって、南の国の椰子の葉影に懐かしい娘のゆくえを尋ねて来た親の心を思いやると、私はそのダルトンという未知の老人を憐れむような、さびしい悲しい心持ちになった。安井君も彼に同情するように云った。

「考えてみると気の毒です。なにしろ久しく逢わないので、娘がどんな人間に変わっているか判らない。ダルトンは小鉄ばかりでなく、もう一人の芸妓――この花吉です――をよんで、なにげなく遊んでいながら、小鉄の身許やその人間をよそながら探ってみると、たしかに自分の娘に相違ない。人間も悪く変わっていないらしい。ダルトンは喜んで安心して、その晩はそのまま別れてしまって、あくる日さらに出直して小鉄をよんだ。そうして、あらためて親子の名乗りをすると、小鉄も今まで忘れていた父親の顔をはっきり思い出して、これも大変に喜んで……。いや、人間の運命はわからないもので、小鉄はここで生みの親にめぐり逢わなかったら、不幸の死を招くようなことも出来《しゅったい》しなかったかも知れなかったんですが、どうも仕方がありません。あいにくその日は南風楼が非常に繁昌して、隣座敷では三味線を弾いてじゃかじゃか騒ぎ立てる。どうも落ち着いていろいろの話をするわけにもいかないので、ゴム園見物ということで、ここを出て、閑静な場所で今後のこともゆっくり相談しようと約束して、すぐに自動車を呼んで二人が乗り出して、その途中で自動車を帰して、なるべく人の眼に立たないような椰子の林のなかへ入り込んで、何かひそひそ話しているところへ、かの梁福が突然に出て来たんです」

「二人のあとを尾《つ》けて来たんですか」

「そうです。小鉄が途中から自動車を帰して、ダルトンと仲好くならんで歩き出すところへ、梁福がちょうど通りかかって遠目にそれを見つけたんです。彼は非常に嫉妬深い男なので、老人とはいえダルトンが小鉄に手をひかれて、睦《むつ》まじそうに歩いて行くのを見て、急にむらむらとなって、すぐに二人のあとを追って行って、椰子林の中へ駈け込んでダルトンに喧嘩を吹っかけたんです。その剣幕があまり激しいので、相手も少し驚いた。もう一つには、彼が小鉄と深い関係のあるらしいのを覚って、ダルトンは逆らわずに一旦そこを立ち去ってしまった。ここでダルトンがなにもかも正直に打ち明けたら、梁福もあるいはおとなしく得心したのかも知れませんが、相手の人品があまりよろしくないように見えたのとで、ダルトンは黙ってその場を外《はず》してしまったんです。そのあとで、梁福は小鉄をつかまえて、何かいろいろのことをきびしく詮議して、なぜ途中から自動車を帰して二人がこんなところへ入り込んだのだという。小鉄もその事情を打ち明けるのを憚《はばか》って、なにか曖昧なことを云っているので、相手の方ではいよいよ疑って、いよいよ厳しく責め立てる。結局、小鉄も切羽《せっぱ》つまって、ダルトンと自分との関係を明かしたが、梁福はまだ素直に信用しない。その悶着《もんちゃく》の最中に、椰子の梢でがさがさという音がして、大きい一つの実が小鉄の頭の上に……。なにしろ不意のことでもあり、こっちの悶着に気をとられていたので、とても避《よ》ける暇などはありません」

「小鉄はすぐに殺《や》られてしまったのですね」

「脳天を強く打たれて、そのまま倒れてしまったんです」と、安井君も顔をしかめた。

そばに聞いている芸妓もハンカチーフで顔をおさえた。驟雨はもう通り過ぎて、窓の硝子も薄明かるくなったが、誰も起ってその窓を明けようとする者もなかった。

「その椰子の実は自然に落ちたのですね」と、私は少し汗ばんだ額を拭きながら訊いた。

「ところが、自然でない。木の上には猿がいたんです」

「猿が……」

現地人と一緒に殺されたという猿を、私はすぐに思い出した。

「猿も悪戯をした訳じゃないんです」と、安井君はさらに新しい事実を教えてくれた。「この近所のスマトラ島では人が猿を飼っています。ここでも飼っている者があります。それは椰子の実を取らせるためで、自分たちが梯子をかけて登るよりは楽ですからね。木の下へ行って猿を放してやると、猿めは梢へするするとと登って行って、熟した椰子の実をもぎ取って咬《かじ》ろうとするが、皮が硬くて歯が立たないので、癇癪《かんしゃく》を起こしてほうり出して、さらにほかの実を取って咬ってみると、これもやはり硬いのでまたほうり出すのを、下にいる人が片っ端から拾いあつめる。こういうわけで、ここらの人の中には猿を飼っているのが随分ありまず。小鉄の頭の上に椰子の実をほうり落としたのもやはりその猿で、番人の眼を盗んでぬけ出して、木から木をつたっているうちに、熟した椰子の実を見つけてもぎ取ったが、例の通り硬くて食えない。自棄《やけ》になって上からほうり出すと、小鉄が運悪くその下に立っていて、脳天を打たれたというわけです。梁福もかねてそれを知っているので、小鉄が倒れると同時に、あわてて木の上を見あげると、大きい猿が歯をむき出して見おろしている。梁福はその椰子の実を拾って、すぐに猿を目がけて投げかえしたが、梢が高いのでとても届かない。こっちはじれて地団駄を踏んでいると、猿は高いところで嘲《あざけ》るように悠々と眺めている。よんどころなく諦めて、さらに小鉄を引き起こして介抱したが、これは即死でどうにも手の着けようがない。そのうちに例の驟雨がざっと降り出してくる。梁福もいよいよ途方に暮れて、小鉄の死骸を置き去りにしたままで、ひとまずここを立ち去ってしまったんです」

「それで、その男は警察へも訴えなかったのですね」

「勿論、訴えれば仔細はなかったんですが、梁福はどうも警察へ出ることを好まない。というのは、彼が常に賭博に耽《ふけ》っているのと、まだほかにもなにか後ろ暗いことのあるのを、警察でも薄々さとっているらしいので、脛《すね》に疵《きず》持つ彼は、こういう問題について警察へ顔を出すことを恐れている。その結果、彼はなんにも知らない振りをして自分の家へ帰ってしまったんだといいます。いや、彼の申し立てはまずこうなんですけれど、まだそのほかにも何か思慮《おもわく》があったらしく、彼はそれ以来、ダルトンのありかをひそかに探していたんです。ダルトンはまた警察へ行って、梁福のことを早く訴えたら、すぐに手がかりが付いたかも知れなかったんですが、これも警察沙汰にすると、小鉄と自分との秘密が暴露するのを憚って、慌てて宿を換えてしまったんです。こういうわけで、両方が努めて秘密主義を取っていたので、小鉄の死因にも疑惑が残っていたわけです。しかし梁福の身になると、その猿めが憎くってならない。自分の大事な女を惨《むご》たらしく殺した畜生を、どうしてもそのままにはしておかれないので、ピストルを懐中して例の椰子の林へ忍んで行くと、猿はその日も木の上に登っていたので、そっと近寄ってただ一発で撃ち落とすと、今日は猿ばかりでなく、番人もその近所にいたもんだから、すぐに駈けて来て彼を取りおさえようとする。こっちは嚇《おど》し半分にまた一発撃つと、それが番人の胸にあたってその場に倒れる。こっちはいよいようろたえて、あとをも見ないで逃げてしまった。その場に落ちていた二つの椰子の実は、やはり猿が投げたものらしい。これで人間ひとりと猿一匹の死因も判ったでしょう」

「判りました」

私は再び額を拭くと、初めてそれに気がついたらしく、芸妓は急に起ち上がって窓をあけると、宵の空は世界が変わったように青白く晴れ渡って、金色《こんじき》の大きい星が窓の間から鮮やかに見えた。雨あがりの涼しい風が水のように流れ込んで来て、私は温室《むろ》から出たような爽やかな気分になった。安井君は語りつづけた。

「梁福はまったく良くない奴で、ダルトンと小鉄との秘密を知ったのを幸いに——勿論、初めにはそれを信じなかったんですが、だんだんに落ち着いて考えてみると、やはりそれが本当であるらしくも思われて来たんです——ダルトンを強請《ゆす》って幾らかの金をまき上げようとたくらんで、相手の居所を探しあるいているうちに、その晩とうとう海岸で出逢ったので、彼はダルトンをつかまえて幾らか恵んでくれという。ダルトンは容易に承知しない。けれども、小鉄の抱え主のところへ五千弗の金を届けたくらいならば、自分にも相当の金をくれてもよかろう。自分は小鉄の夫であると、梁福はここで悪党の本音をあらわして強請りかけたが、ダルトンはどうしても承知しない。単に承知しないばかりでなく、あの時にお前が邪魔に来なければ小鉄はあんな死にざまをしなかったかも知れないと、かえって逆捻じに相手を罵《ののし》ったので、双方がたがいに云い募った末に、梁福はまたぞろ例のピストルを持ち出して、おどし半分に突き付けるはずみに、引き金がはずれてダルトンの左の手にあたったので、驚いて逃げ出すところを取りおさえられた。そういう事情ですから、小鉄を殺したのはダルトンでもなく、梁福でもなく、まったく猿の仕業《しわざ》です。梁福は悪い奴に相違ないのですけれども、猿を殺すのが主なる目的で、番人を殺したのは故殺《こさつ》に過ぎないのですから、死刑にはなりませんでした。何年かの禁獄で、今でも暗いところに入っているはずです。ダルトンは傷が癒《なお》って病院を出ても、もうジャワの方へは渡らないで、ここから横浜へ辞表を送って、すぐに本国へ帰ってしまったということです」

「ほんとうにこてちゃんは可哀そうですわねえ」と、花吉は団扇で口を掩《おお》いながら云った。

私は黙って首肯いた。

「けれども、どうでしょう。小鉄も可哀そうには相違ないが、死んだ方はいっそひと思いです。生き残っている親の方がさらに気の毒じゃありませんかしら」と、安井君は云った。

私は黙ってまたうなずいた。

狸の皮

「信越線の某《ある》停車場に降りると、細かい雪がちらりちらりと舞うように落ちて来た」

古河《ふるかわ》君はまずこう云って、そのときの寒さを思い出したように肩を竦《すく》めた。

古河君は七年ほど前の二月に、よんどころない社用で越後《えちご》の方まで出張したが、その用向きが思いのほかに早く片付いたので、大きい声ではいえないが、途中でひと息つくつもりで、会社の方から受け取っている旅費手当てで二、三日を某温泉場に遊び暮らそうとした。

彼が今降り立ったのは、上州のある小さい停車場で、妙義《みようぎ》の奇怪な形もただぼんやりと薄黒く陰《くも》っている日の午後四時半頃であった。

なにしろ信越地方の二月の雪を衝《つ》いて、今朝の一番汽車で発って来たのであるから、古河君は骨まで凍ってしまった。

汽車を降りると、寒さがまた急に加わって、細かい雪を運ぶ浅間下《あさまおろ》しがひゅう、ひゅうと頬を吹きなぐって来るので、古河君はまた縮みあがって、オーヴァーコートの襟を引き立てながら、小さい旅行鞄を提げて歩き出すと、客引きに出ている旅館の若い者が二、三人寄って来た。

初めてこの土地に下車したので、古河君は別に馴染みの宿もなかった。どこでも構わないと思ったので、真っ先に来た若い者に鞄を渡して、ともかくも駅前の休憩所へ案内されると、入口の土間には小さいテーブルを取り囲んで粗末な椅子が四、五脚ならべてあった。

寒い間は乗り降りの客も至って少ないので、ほかのテーブルや椅子はみな隅の方へ押し片付けられて、たった一つのこのテーブルが店さきに寂しく据えられているだけであった。

「お寒うございましょう。どうぞこちらへ」と、店にいる三十ぐらいの女房が愛想よく声をかけた。

畳の上には大きい炉を切って、自在にかけた大きい鉄びんの口からは白い湯気をさかんにふき出していた。鉄びんの下には炭火がぱちぱちはねる音が聞こえた。

古河君もその火を恋しく思ったが、靴をぬぐのが面倒であったので、やはり椅子に腰をおろして土間に休んでいると、女房が瀬戸の火鉢に火を入れて運び出して来た。

「きょうはまったく冷えます。今晩はちっと白いものが降るかも知れません」

「それでもここらは積もっていませんね」

「へえ。積もるほども降りませんが、なにしろ名物の空《から》っ風で……」

云いかけて、若い者は急に立ち上がって入口の硝子戸をあけた。若粧《わかづく》りにはしているが、もう二十七、八かとも思われる立派な身装《みなり》の婦人がこの休憩所へはいって来たのであった。婦人は大きい旅行鞄を重そうに提げて、片手に毛皮の膝掛けを抱えていた。

この頃は商売が閑《ひま》なので、どこの旅館からも一人ぐらいしか客引きを出していない。その一人が古河君を案内して来たあとへ、この婦人はおくれて下車したので、重い荷物を自分で提げて来なければならないことになったのであろう。古河君も気の毒に思った。若い者はなおさら恐縮したように自分の不注意を詑《わ》びていた。

「いいえ、なに、荷物も見かけほどは重くないんです」と、婦人は冷たそうな顔に笑みをうかべながら云った。「済みませんが、お湯を一杯下さいませんか」

「はい、はい、お湯がよろしゅうございますか。どうぞまあお掛けください」

女房が湯を汲みに起つと、婦人は古河君に会釈《えしやく》して隣の椅子に腰をかけた。そうして、瀬戸の火鉢に手をかざすと、右の無名指《くすりゆび》には青い玉が光っていた。左の指にも白い玉がきらめいていた。

「さっきはどうも失礼をいたしました。さぞおやかましゅうございましたろう」

挨拶をされて、古河君も気がついた。この婦人も自分とおなじ二等車に乗り込んでいて、襟巻に顔をうずめて隅の方に席を取っていた。そのそばには四十ぐらいの商人《あきんど》風の男と、二十歳《はたち》前後の小間使風の女が乗っていたが、男は寒さ凌《しの》ぎに瓶詰《びんづ》めの正宗《まさむね》を無暗にあおって、しまいには酔ってなにか大きい声で歌い出したので、小間使風の女はほかの客に気の毒そうな顔をして時々に宥めていた。

この婦人は傍にいながら知らん顔をして澄ましていたので、彼等とは全然無関係の人であろうと古河君は思い込んでいたのであったが、今の挨拶を聞かされて、この婦人もやはり彼等の道連れであることを初めて知った。

「いえ、どういたしまして……。お連れさんは御一緒じゃないんですか」

「いえ、連れと申す訳でもございませんので……。越後の宿屋で懇意になりましただけのことでございます。丁度おなじ汽車に乗り合わせるようになりまして、途中まで一緒にまいったのですけれど、あんまり煩《うるさ》いのでわたくしはここで降りてしまいました」

「そうでしたか。それは御迷惑でしたろう」

そんなことを云っているうちに、若い者は起ち上がって、その婦人の大鞄と古河君の小さい鞄とを持った。そうして、お支度がよろしければそろそろ御案内をいたしましょうと云った。二人は茶代を置いて椅子を起つと、若い者は気がついてまた引っ返して来た。

「この膝掛けは奥さんのでございますね」

「はあ。いえ、なに、それはわたしが自分で持っていきます」

婦人は店先に置いてあった毛皮の膝掛けを抱えて出た。もう薄暗い夕方で、炉の火に照らされた毛皮の柔かそうな艶々しい色が古河君の眼を惹いた。それは狸の皮であるらしかった。

雪は袖を払いながら行くほども降らなかったが、尖った寒い風はいよいよ身にしみて来た。三人は黙って狭い坂路を降りていくと、石で畳んだ急勾配の溝《みぞ》を流れ落ちる水の音が冷たい耳を凍らせるように響いた。

「随分お寒うございますね」と、婦人はうつむきながら云った。

「まったく寒うござんすよ」と、古河君は咳《せ》きながら答えた。「こっちには長く

「さあ、どうしますか。まだ判りませんのです」と、婦人は答えた。「あなたは当分御滞在ですか」

「まあ二、三日遊んで行こうかと思っています」

温泉場は停車場から遠くないので、長い坂を降り尽くすと、古風な大きい旅館の建物がすぐ眼の前に突っ立っていた。

古河君は表二階の新しい六畳の座敷へ通った。それからひと間離れたやはり六畳らしい座敷へ、この婦人は案内されたらしかった。

寒さ凌ぎに古河君はすぐに風呂へ行って、冷え固まっている手足を好い心持ちに温めて、ようよう人心地が付いて帰ってくると、やがて夕飯の膳を運んで来た。

「今晩はお静かでございますね」と、女中は給仕をしながら云った。「夜になってお泊まりがあるかも知れませんが、ただ今のところではこのお座敷と十一番だけでございますから」

「滞在は一人もないの」

「はあ、お寒い時分はまるで閑でございます。ここらはどうしても三月の末からでなければ、滞在はめったにございません」

「そりゃ寂しいね」と、古河君は少し首をすくめた。

「ちっとお寂しいかも知れません。十一番さんは御存じの方じゃないんですか」

「いや、知らない。休憩所から一緒になったんだ」

女中の話によると、その婦人は風邪を引いたようだとか云って、風呂へも入らずに寝てしまったとの事であった。


汽車の疲れで、古河君はその晩ぐっすり寝入ってしまった。眼をさまして枕もとの懐中時計をみると、今朝はもう九時を過ぎていた。いつの間にか女中が火を運んで来たとみえて、火鉢に炭火がいせいよく起こっていて、茶道具などもきれいに掃除してあった。

床の上に這い起きて巻莨《まきたばこ》を喫《す》いつけようとする時、階子《はしご》をあがって来る足音がしずかにきこえた。と思うと、障子の外からそっと声をかけた者があった。

「もうお眼醒めでございますか」

それは十一番の婦人の声であった。

「はい。大寝坊をして、今ようよう眼をあいたところです」と、古河君は床の上で答えた。

「あの、ちょっとお邪魔をいたしてよろしゅうございましょうか」

「まだ寝床にはいっているんですが……。」と、古河君は迷惑そうに云った。

「さようでございますか」と、外でも躊躇しているらしかったが、やがてまた押し返して云った。「お寝みのところへ失礼でございますが、お差し支えがございませんければ、ちょっとお目にかかりたいのでございますが……」

それでも悪いとも断りかねて、古河君はその婦人を座敷へ呼び入れると、彼女は忍ぶようにいざり込んで来て囁いた。

「実は私、少し紛失物がございますのですが……」

「なにがなくなったんです」

「膝掛けがなくなりましたので……」

「ああ、あの毛皮の……」

「さようでございます。狸の皮の……」

昨夜は気分が悪かったので、風呂へも入らずに寝てしまったが、狸の皮の膝掛けは鞄と一緒に床の間に置いた筈である。それが今朝になると見えなくなってしまった。しかし鞄にはなんの異状もなく、膝掛けだけが紛失したのである。正直のところ、あの膝掛けは自分のものではなく、他に縁付いている妹の品を借りて来たのであって、妹は去年の暮れに百八十円で買ったとか聞いている。

それも時の災難と諦めるよりほかはないが、昨夜この宿にはほかに一人も泊まり客が無かったということであるから、差しあたっては宿の者に疑惑《うたがい》をかけたくなる。それを表向きにしようか、それともいっそ黙って泣き寝入りにしてしまおうかと、彼女は古河君のところへ相談に来たのであった。

「そりゃ表向きにした方がいいでしょう」と、古河君はすぐに答えた。

彼女は宿の者を疑うと云っているが、ほかに泊まり客が一人もない以上、自分も確かに有力な嫌疑者であることを免れないと古河君は思った。

それは是非とも表向きにして、ほんとうの犯人を探し出さなければ、単に被害者の迷惑ばかりでなく、自分としても甚だ迷惑であると考えたので、彼はあくまでもそれを表向きにすることを主張した。

「よろしいでしょうか。なんだか罪人を拵《こしら》えるのも気の毒のようにも思われますので……」と、女はまだ躊躇していた。

「いいえ、気の毒なんて云っている場合じゃありません。そうして下さらないと、私も困ります。あなたから云いにくければ、私が帳場へいってその訳を話して来ましょう」

古河君はすぐに飛び起きて、宿のどてらのままで縁側へ出ると、まばらにあけてある雨戸の隙間から外一面が真っ白に見えた。雪は昨夜のうちによほど降り積もったらしく、軒さきに出ている槙《まき》の梢もたわむほどに重い綿をかぶっていて、正面にみえる坂路の方からは煙のような粉雪が渦をまいて吹きおろして来た。

この間から毎日の雪に責められつづけている古河君は、この景色を見ただけでもううんざりしてしまった。いっそ昨日真っ直ぐに東京へ帰ってしまえばよかったと悔やみながら、彼はどてらの袖をかき合わせて階段を足早に降りていった。

店の帳場へいって、毛皮紛失の一件を報告すると、主人も番頭も驚いた。ひと口に狸の毛皮といっても、それが百八十円の品と聞いてはいよいよ打っちゃっては置かれなかった。

当時はここらも商売が閑なので、夏場にくらべると男女の奉公人の頭数が非常に減っている。帳場の番頭一人と若い者が一人、ほかに料理番二人と風呂番が一人、座敷へ出る女中はたった二人っきりで、いずれも身許の確かな者ばかりである。夏場繁昌の時季になると、渡り者の奉公人も随分入り込むが、現在のところではそんな疑惑をかけるような者は一人もいない筈であると主人は云った。

「しかしほかの事と違いますから、誰が出来心でどんなことをしないとも限りません。ともかくも十一番の座敷へ出まして、詳しいことを伺ってまいりましょう」

主人と番頭は古河君と一緒に表二階へあがっていくと、婦人は蒼ざめた顔をして火鉢の前へ坐っていた。主人からいろいろのことを訊かれても、彼女は歯痒《はがゆ》いような返事をしていた。そうして、結局こんなことを云った。

「そんなに皆さんをお騒がせ申しては済みません。なに、ほかに類のないという品じゃありませんから、そんなに御詮議をなすって下さらないでもよろしゅうございます」

「いえ、あなたの方ではそう仰っても、手前の方では十分に取り調べをいたします」

こう云って、主人と番頭は引きさがった。雪はまだやまないので、婦人はもう一日滞在すると云っていた。古河君もむろん出発する勇気はないので、遅い朝飯を食って、風呂にはいって、再び衾《よぎ》を引っ被ってしまった。

狸の皮の問題で一時興奮した神経もだんだんに鎮まって、彼は午《ひる》過ぎまで好い心持ちに眠った。

「随分よくお寝られますね。ほほほほ、ほほほほ」

女中に笑われながら、古河君が遅い午飯《ひるめし》の膳の前に坐ったのは、もう午後三時を過ぎた頃で、勿論それまでに女中が幾度も起こしに来たが、古河君はなかなか目を醒まさなかったとのことであった。

「十一番のお客はどうしたい」と、古河君は飯を喫《く》いながら訊いた。

「お午前《ひるまえ》の汽車でお連れさんがお出でになりまして、一緒にお午の御飯を召し上がって、一時間ほど前にどこへかお出掛けになりました」

「連れというのはどんな人だい」

「四十ぐらいの男の方です」と、女中は説明した。その人相や風俗から想像すると、彼は昨日の汽車の中で無暗に正宗の瓶詰めをあおっていた男であるらしく思われた。

「雪はやんだの」

「はあ、先刻から小降りになりました」

女中は障子をあけて見せた。なるほど天から舞い落ちる影は少しまばらになったが、地に敷いた綿はいよいよ厚くなって、坂下の家々の軒は重そうに白く沈んでいた。

女と男とはこの雪の中をどこへ出て行ったのであろう。河原の方へ雪見に行ったのかも知れないと、女中は云っていた。

「ずいぶん風流なことだな」と、古河君は笑っていた。

日が暮れてもかの二人は帰って来ないというので、宿ではまた騒ぎ出した。もしやこの雪に埋められたのではないかと、宿の者は総出でその捜索に行った。近所の宿屋の者も加勢に出た。土地の若い人たちも駐在所の巡査と一緒になって広い河原の上下《かみしも》を猟《あさ》りに出た。

河原は古河君の宿から半町ばかりの北にあって、このごろの水は著しくやせているが、真ん中には大小の岩石がおびただしくわだかまっていて、その石を噛んで跳《おど》り越えていく流れの音はなかなか凄まじく聞こえた。水明かりと雪明かりを頼りにして、大勢の人影は白い夕暮れの中をさまよっていた。

古河君は二階の縁側に出て、河原を眼の下に瞰《み》おろしていると、雪はまたひとしきり烈しくなって来て、河原もだんだんに薄暗くなったのであろう、町からは松明《たいまつ》を持ち出して来たものもあった。魚を捕るための角燈を振り照らしているのもあった。その火の光が吹雪の底に消えるかと思うとまたあらわれて、美しいような物凄いような雪の夜の景色を彩《いろど》っていた。

午後八時ごろになって、二人の死体は川下の大きい石の間に発見された。男と女とは抱き合ったような形で倒れていたが、二人とも石で頭を打ったらしい形跡が見えた。

土地の勝手を知らない二人は、河原をうかうか歩いているうちに、雪に埋められている大きい石につまずいて、倒れるはずみに頭を強く打たれて、一時気を失ってしまったのを、誰も認める者もなかったので、そのまま凍《こご》え死んだのであろうという鑑定で、二人の死体はひとまずその宿へ運び込まれた。

しかし、その鑑定は間違っているらしかった。医師の検案によると、男は劇薬を嚥《の》んでいるらしいというのであった。女の方にその形跡はない。女はみんなの想像通りに、頭部を石で打たれて気絶してそれから凍え死んだものであろうという診断であった。こうなると、二人の死因が容易に判らなくなって来た。

もう一つの不思議は、この婦人が紛失したといった狸の皮が、その座敷の戸棚の隅から発見されたことであった。百八十円で買ったとかいう狸の皮の裏には黒い汚点《しみ》のあとがところどころに残っていて、それは生々《なまなま》しい人間の血であると医師は云った。

婦人は故意に紛失したといって騒いだのか、あるいは戸棚の隅へしまい忘れていたのか、それは判らなかった。

「それにしても血の痕がおかしい」と、古河君は首をかしげた。

そのうちに彼はふとある事が胸に泛んだ。それは古河君が昨日の一番汽車で出発した越後の町のある旅館で、宿泊客の一人が劇薬自殺を遂げたということであった。

古河君はその隣の旅館に泊まっていたので詳しいことは知らないが、なんでも男と女との二人連れで、女は宵から出て帰らない、男は劇薬を嚥んで死んでいたという噂であった。

狸の皮の膝掛けを抱えた婦人は、その翌朝の一番汽車で古河君と一緒に、まだ薄暗い停車場を出発したのである。しかも彼女とともにここの河原で死んでいた男も、やはり劇薬を嚥んだ形跡があるという。

古河君はかの事件とを結びあわせて考えたくなった。

「僕の推測はやっぱり当たっていたんだ」と、古河君は誇るように説明した。

「狸の皮の膝掛けをかかえていた婦人は、蝮《まむし》とか蟒蛇《うわばみ》とかいう渾名《あだな》のある女で、いつでも汽車の中を自分の稼ぎ場にして、掏摸《すり》を働いたり、男を欺《だま》したりしていたのだ。今度も汽車の中で心安くなった横浜の糸商人をうまく引っ掛けて、越後の宿屋へくわえ込んだのだが、仕事がどうも思うようにいかなかったと見えて、とうとう荒療治を考えてその男に劇薬を嚥ませて、所持金を引っさらって逃げ出した。そのときに膝掛けでも敷いて坐っていたとみえて、男の口から吐き出した血のあとが毛皮の裏にも泌み付いたらしい。その毛皮を抱えて、そっと宿屋をぬけ出して、夜の明け切らないうちに一番汽車に乗り込んで、それから僕と同じ温泉へ入り込んだのだということが、あとでみんな判った」

「それにしても、河原で一緒に死んでいたという男は何者だろう」と、私は訊いた。「それもその狸の皮の同類か」

「いや、同類じゃない。それは高崎のやはり糸商人で、小間使いのように見えた若い女は彼の妾であったようだ。汽車のなかで丁度隣に席を占めていたので、狸の皮の方からなにか魔術を施したらしい。そうして、隙を見てその紙入れを掏り取ってしまった。男は高崎の家へ帰ってからそれを発見して、すぐに警察へ告訴すればいいものを、狸の皮が下車した駅を知っているので、そのあとを追って温泉場へ探しに来た。と、まずこう判断するのだが、死人に口なしでその辺はよく判らない。あるいは狸の皮の魔術に魅せられて、紙入れの詮議以外になにかの目的を懐《いだ》いて、雪の降る中をわざわざ引っ返して来たのかも知れない。どっちにしても、自分自身で詮議に来るくらいだから、狸の皮にうまく丸められて、遂にそこに居すわることになってしまったのだ」

「で、その男も劇薬を嚥まされたのか」

「それには仔細《わけ》がある」と、古河君はまた説明した。「だんだん聞いてみると、その男も越後では狸の皮と同じ旅館に泊まっていたのだそうだから、あるいはその晩の劇薬事件について幾分か感づいていたことがあるのかも知れない。女は自分の秘密を彼に知られたらしいのを恐れて、雪見とかなんとか云って彼を河原へ誘い出して、うまく欺して劇薬をのませたものらしい。で、毒のいよいよ廻ったのを見て、男を置き去りにして逃げ出そうとすると、男の方では気がついて女をつかまえようとする。こっちは逃げようとする。それが二人の命の終りであるらしい。そのはずみに滑って転んで、女は石で頭を打った。それが二人の命の終りであるらしい。狸の皮の紛失問題については、僕は彼女がしまい忘れたのであろうと想像する。自分が殺した男の血が沁みていることを発見して、さすがにそれを目の先に置くのを嫌って、宵に戸棚の奥へ押し込んでしまったのを、翌朝になってすっかり忘れて、誰かに奪《と》られたものと一途《ず》に思い込んだのだろう。殊に他の品と違って、それには血の痕が残っているだけに、彼女も神経を痛めたのかも知れない。そうして、人騒がせをしたあとで、戸棚にしまい込んであったことを思い出したので、今更それを取り消すのも面目《きまり》が悪く、曖昧のことをいって誤魔化していたのだろう。なにしろ怖ろしい女さ。二日のうちに二人の男を殺したのだからね。もっとも色の白い、小股の切れ上がった、好い女だったが……」

「その晩は君と二人ぎりだったというのに、女はよくなんにも係り合いを付けに来なかったたね。君は狸の皮にも見放されたと見えるんだね」と、私は笑った。

「こっちは神に近い人間だから、いかなる悪魔も近寄らないさ」

そう云う口の下から、古河君はしきりに狸の皮の持ち主の美人であったことを説いていた。

娘義《ぎ》太《だゆ》夫《う》

「あなたが若《も》しこの話を何かへ書くようなことがあったら、本名を出すのは堪忍してやってください、関係の人間がみんな生きているんですからね。よござんすか」

女義太夫の富寿《とみじゅ》がまずこう断って置いて、私に話したのは次の出来事である。

今から七、八年前の五月に、娘義太夫竹本富子《たけもととみこ》の一座が埼玉県の某町《あるまち》へ乗り込んだ。太夫や糸《いと》やその他をあわせて十二人が町の宿屋に着くと、そのあくる朝、真打《しんうち》の富子をたずねて来た女があった。

「どうも御無沙汰をしています。いつも御繁昌で結構ですこと」と、女は少し皺《しわ》枯《が》れた声で懐かしそうに云った。

「どうも久闊《しばらく》。なんでもこっちの方だということは予々《かねがね》うかがっていましたけれど、何かと忙しいもんですから、つい御無沙汰ばかりしておりました」と、富子も美しい笑い顔を見せながら摺り寄って挨拶した。

こう見たところは、相互《おたがい》にいかにも打ち解けた昔馴染みであるらしくも思われるが、その事情をよく知っている富寿らの眼からみると、彼女と富子とのあいだには大きい溝《みぞ》がしきられている筈であった。彼女は富子を仇《かたき》と呪っている筈であった。

彼女は富子と同い年の二十四で、眼の細いのと髪の毛のすこし縮れているのとを瑕《きず》にして、色白の品の好い立派な女振りであった。彼女も以前は竹本雛吉《たけもとひなきち》といって、やはり富子と同じ商売の人気者であった。富子も雛吉も十七、八の頃からもう真打株になっていて、彼女等が華やかな島田《しまだ》に結って、紅い総《ふさ》のひらめく簪《かんざし》をさして、高座にあらわれた肩衣姿《かたぎぬすがた》は、東京の若い男達の渇仰《かっこう》の的となっていた。容貌《きりょう》は富子の方が少し立ち優っていたが、雛吉はまたそれを補うだけの美しい声の持ち主であった。

したがってどっちにも思い思いの贔屓《ひいき》がついて、二人の出る席はどこも大入りであった。その贔屓争いがだんだん激しくなって来るに連れて、二人の若い芸人の間にも当然の結果として激しい競争が起こって来た。一方を揚げて一方を貶《けな》すような贔屓連の投書が、新聞や雑誌をしばしば賑わした。

彼女等がこうして鎬《しのぎ》をけずって闘っている最中である。富子と雛吉とが某富豪の宴会の余興によばれて、代わるがわるに一段ずつ語った。その順序の前後についても余ほど面倒があったらしかったが、結局籤引《くじび》きで決まって、富子が先に、雛吉がその次に語ることになった。

その晩、雛吉は得意の新口村《にのくちむら》を語ったが、途中から喉《のど》の工合いがおかしくなって、持ち前の美音が不思議にかすれて来た。それでもその場はどうにかこうにか無事に語り通したが、あくる朝から彼女の声はまるでつぶれてしまった。勿論すぐに専門の医師の治療をうけてある程度までは恢復《かいふく》したが、その声はもう昔の美しさを失ってしまった。

彼女が人気盛りであるだけに、その不幸に同情する者も多かった。声の美しさが衰えたといっても商売が出来ないほどではなかった。最初《はじめ》から現在の雛吉よりも悪い声をもっている太夫も世間には沢山あったが、女の芸人として唯一の誇りを失った彼女は、再び芸を売って世間に立つ心は失せてしまった。周囲の人達がしきりに止めるのも肯《き》かないで、雛吉は思い切って鑑札を返納して、素人の大八《おおや》木《ぎ》お春になった。寄席の明《あ》き株《かぶ》を買ってやろうなどと云ってくれる人もあったが、彼女はそれをも断って故郷の埼玉県へ帰ってしまった。

声変わりのした鶯《うぐいす》さん……ゆく春と共に衰えゆく身の行く末を、雛吉はおそらく想像するに堪えなかったのであろうと、日頃の気性を知っている人々から悼まれた。

　こういう悲惨な運命を荷《にな》って東京を立ち退くことになった竹本雛吉に対して、世間の同情はおのずと集まって来た。判官贔屓《ほうがん》の人達はその反動から競争者の富子を憎んだ。雛吉が俄《にわか》に天性の美音を失ったのは、富子が水銀剤を飲ませたのであると云い触らすものもあった。富子が自分の弟子に云い付けて、かの宴会の余興の楽屋で雛吉の湯呑茶碗に水銀剤をついだのであると、見て来たように講釈する者がだんだんに殖《ふ》えて来た。勿論それには取り留めた証拠があるのではなかったが、その噂は雛吉がまだ東京にいる時から広まっていたので、彼女の耳にも入っていた。

「富子さんだってまさかそんなことをしやしないでしょう。万一そうであったとしても、証拠のないことですから仕方がありません。つまりはわたしの運がないんですから」

　雛吉はこう云ったように世間では伝えていた。しかしそれも確かに本人の口から出たのかどうか判らなかった。彼女が芸人をやめて故郷へ帰ったのは十九の秋で、その後に土地の料理屋の養女に貰われたとかいう噂が東京へも聞こえたが、去る者は日々に疎《うと》しで、足かけ六年の時の流れは世間の人の記憶から竹本雛吉の名を洗い去って、今ではそんな不運な女芸人がかつて東京の人気を湧き立たせたことを思い出す人さえも少なくなった。それに引きかえて、一方の富子は世間の人気を独り占めにして、その評判は年ごとに高くなった。

その富子が偶然に雛吉の故郷の町に乗り込んで、六年ぶりで互いに顔を見合わせたのであった。表面《うわべ》はいかに懐かしそうに美しく交際《つきあ》っていても、両方の胸の奥には一種の暗い影がつきまつわっているらしいことを、傍にいる者どもは大抵察していた。富子の方はともあれ、少なくも雛吉のお春の方には昔の仇にめぐり合ったような呪詛《のろい》の心持ちをもっているのであろうと思いやられたが、お春はそんな気振りをちっとも見せないで、一時間ばかり睦まじく話して帰った。

お春が料理屋の養女に貰われたのは事実であった。それは彼女が遠縁にあたる家で、町でも第一流の堀江屋《ほりえや》という大きい料理屋であるので、昔馴染みの富子のために町の芸妓《げいしゃ》たちをも駆りあつめて、初日の晩から花々しく押し掛けるとのことであった。

「何分よろしくお願い申します」と、人気商売の富子はくれぐれもお春に頼んで、何十本かの配り手拭いを渡した。

「せいぜい賑かにしたいと、思っています」と、お春は云った。「もう少し早く判っていると、後幕《うしろまく》か幟《のぼり》でも何するんでしたけれど、今夜が初日じゃあもう間に合いません。せめてハイカラに花環のようなものでも贈ることにしましょうよ。ここらは田舎ですから、どうで東京のような器用なものは出来ませんけれど、ただほんの景気づけに……。いずれ後程おとどけ申します。これはほんの皆さんのお茶受けです」

彼女は手土産の菓子折を置いて機嫌よく帰ったので、そばにいる者どもはほっとした。昔馴染みはやはり頼もしいと富子も喜んでいると、午後になって堀江屋から大きい見事な花環をとどけて来た。なるほど東京とは少し拵《こしら》え方が違っているが、百合《ゆり》や菖蒲の季節物が大きい花を白に黄に紫に美しく彩《いろど》っていた。

「田舎でなければこんな花環は見られませんね」と、富寿らも感心して眺めていた。

「ほんとうに綺麗だわね。ここらじゃあそこらに咲いているのをすぐに取って来るんだから」と、富子も花の匂いをかいだりしていた。

その花環は劇《しばい》小屋の木戸前に飾られて、さらに一段の景気を添えた。五月の長い日も暮れかかって、一座の者も宿屋の風呂に入って今夜のお化粧に取りかかっていると、富子は急に顔や手先がむず痒いと云い出した。それでもさのみ気にも留めないで、自体が美しい顔を更に美しく粧《つく》って、いよいよその晩の初日をあけると、約束通りにお春は家《うち》の女中達や出入りの者や土地の芸妓達を誘って来て、桟敷《さじき》いっぱいに陣取っていた。その晩は木戸止めという大入りであった。

初日が予想以上の大成功であったので、一座の者もみんな喜んで宿へ帰ると、その夜半から真打の富子は俄に熱が出て苦しんだ。みんなも心配してすぐに医師を呼んでもらったが、医師にもその病気が確かには判らなかった。

夜があける頃には少し熱がさがったが、それと同時に富子の顔には一種の発疹《ふきでもの》が一面にあらわれた。それは赤と紫とを混ぜたような気味の悪い色の腫物《はれもの》らしくも見えた。

富子は鏡をみて泣き出した。一座の者もおどろいた。義太夫語りである以上、咽喉に別条さえなければ差し支えはないようなものであるが、容貌が一つの売物になっているだけに、これは富子に取って大いなる打撃であった。おいおいには癒《なお》るとしても、差し当たり今夜の興行に困った。気分が悪いばかりでなく、こんなお化けのような醜い顔を諸人の前に晒《さら》すのは死んでも忌《いや》だと、富子は泣き喚《わめ》いた。

その発疹はひどく痒いので、みんなが止めるのも肯かないで、自分の顔を掻きむしると、顔のところどころには生々しい血が滲《にじ》み出した。そばにいる者はただはらはらして、そのむごたらしい怖ろしい顔を眺めているばかりであった。

この場合、だれの胸にも泛ぶのは、彼女とお春との関係であった。お春がむかしの復讐のために、何かの手段をめぐらしたのではないかという疑惑が皆の胸を支配した。お春がきのう持って来た菓子の中に何かの毒が混ぜてあったのではないかと疑われたが、その菓子は富子ばかりでなく、一座の者もみな食ったのであるから、原因がそこに忍んでいるらしくも思われなかった。

その次の疑惑《うたがい》はかの花環であった。その花に毒薬でも塗ってあって、それを嗅いだ富子に感染したのではあるまいかという、西洋の小説にでもありそうな想像説も起こった。とにかくそうした囁きが宿の者の耳にも伝わって、いろいろの臆説が尾鰭《おひれ》を添えて忽ちに広がった。見舞いに来た興行人も驚いて首をかしげていた。

「どうもこれはただ事でないらしい。医師にも容態が判らないというのはいよいよ不思議だ」

富子は乱心の姿で寝てしまったので、今夜の二日目はとうとう臨時休みの札をかけることになった。これが土地の警察の耳にも入って、刑事巡査は富子の宿へも調べに来た。

それに応対したのはかの富寿で、彼女はさすがにむかしの関係を詳しく説明するのを憚《はばか》ったが、とにかく堀江屋のお春が久し振りでたずねて来たことを話した。お春が手土産の菓子をくれたこと、見事な花環をくれたことも申し立てた。もちろん露骨にはなんにも云わなかったのであるが、彼女の仔細ありげな口吻《くちぶり》と、宿の女子《おなご》達の噂などを総合して、巡査もまずお春に疑惑の眼を向けたらしく見えた。だんだん調べてみると、ここにもう一つ怪しい事実を発見した。

それはこの宿に奉公しているお留《とめ》という今年十八の女が、昨日の朝お春が富子に別れて帰るのを店の外まで追って出て、往来でなにかひそひそと立ち話をしていたというのである。宿の二階には、富子一人が八畳の座敷を借りていて、その他の者は次の間の十畳と下座敷の八畳とに分かれて屯《たむろ》していたが、お留は富子の座敷の受持ちで、しばしばそこへ出入りしていた。

それらの事情をかんがえると、お留は平素から心安いお春に頼まれて、なにかの毒剤を富子の飲食物の中へ投げ込んで置いたかとも見られるので、彼女はすぐに下座敷で厳重な取り調べを受けた。

「おまえは堀江屋の娘と心安くしているのか」

「はい、堀江屋の姐さんは平素からわたくしを可愛がってくれます」と、お留は正直そうに答えた。

「じゃあ、なぜ堀江屋へ行かないで、ここの家《うち》にいつまでも奉公しているんだ」

「同じ町内でそんなことも出来ませんから」

「お前は昨日の朝、堀江屋の娘と往来でなにを話していた」

「別になんということも……」と、お留は少し口ごもっていた。「ただいつもの話を……」

「いつもの話とはなんだ」

「なんでもありません。ただ、時候の挨拶をしていたんです」

「往来のまん中まで追っかけて行って時候の挨拶をする……」と、巡査はあざ笑った。「嘘をつかないで正直にいえ。堀江屋の娘に何か頼まれたろう」

お留は黙っていた。

「なにか頼まれたことがあるだろう」

「いいえ」と、彼女は低い声で云った。

「隠すな。きっとなんにも頼まれないか」

お留はまた黙ってしまった。身体こそ大きいが、近在から出て来た田舎者で、見るから正直そうな彼女がとかくに何か隠し立てをするのが、いよいよ相手の注意をひいた。巡査は嚇《おど》すように云った。

「隠すとおまえのためにならないぞ。ここで嘘をいうと懲役《ちょうえき》にやられるぞ。お父さんにもおっ母さんにも当分逢われないぞ」

お留はしくしく泣き出した。それでも、なんにも頼まれた覚えはないと強情を張るので、巡査も少し持て余して、いずれまたあらためて警察の方へ呼び出すかも知れないからと云って、宿の主人に彼女をあずけて帰った。

ここまで話して来て、富寿は更にわたしにこう云った。

「ねえ、あなた、いくら当人が知らないと強情を張ったって仕様がないじゃありませんか。堀江屋のお春さんに頼まれて、なにか悪いことをしたに相違ないと思われるでしょう。こうなると、わたくしも面《つら》が憎くなって、どうかして証拠を見つけ出してやろうと思って、そっとお留の様子を見ていますと、その日のもう夕方近い頃でした。洋服を着た一人の男が宿の裏口へ来て、それから横手の塀の外へ廻って、人待ち顔にうろうろしていると、いつの間にかお留がぬけ出して行ったんです」

それは二十八、九の色白の男で、金縁の眼鏡をかけていた。お留は何か囁いていたかと思うと、そのまま大通りの方へ駈けて行った。男はいつまでも塀の外に立っていた。やがてお留が息を切って帰って来て、再びなにか囁いているうちに、堀江屋のお春が忍ぶように後から来た。お春は男の腕に手をかけて親しげにまた囁いていた。

富寿は二階の肱《ひじ》掛け窓からじっとそれを瞰下ろしていると、そこへ先刻の巡査が再び来て、少し離れて立っているお留をなにか調べているらしかった。巡査は更にお春に向かっても取り調べを始めると、洋服の男も傍から口を出して今度は洋服の男と巡査との問答になった。

「往来じゃいけない。ともかくも内へはいりましょう」と、洋服の男は激したように云った。

その声だけは二階の富寿にもはっきりと聞こえた。そうして、彼と巡査とお春とお留とが一緒に繋がって宿へはいって来た。

一種の好奇心も手伝って、富寿はそっと二階を降りて来ると、下座敷のひと間にかの四人が向かい合っていた。宿の主人や番頭も廊下に出て不安らしく立ち聞きをしていた。

「一体このお春という婦人がお留に頼んで、富子とかいう義太夫語りに毒を飲ませたとかいうには確かな証拠でもありますか」と、洋服の男はいよいよ激昂したように云った。「確かな証拠もないのに、往来で無暗に取り調べるなぞとは不都合じゃありませんか」

「いや、お留を取り調べようとするところへ、丁度お春も来ていたのです」と、巡査は云った。「それであるから一緒に取り調べたまでのことです。いずれにしても、あなたには無関係であるから、構わずお引き取りください」

「いや、そうはいきません。あなたがこの二人の女に対してどんな取り調べ方をするか、わたくしはここで聴いています」

「それはいけません。あなたがお春という女にどういう関係があろうとも……」と、巡査は意味ありげに云った。「こちらで無関係と認める人間を立ち会わせるわけにはいきません。早くお帰りなさい」

「帰りません」

「あなたの身分を考えて御覧なさい」と、巡査は微笑みながら諭《さと》すように云った。

「身分なんか構いません。免職されても構いません」と、男は真っ蒼になって唇を顫《ふる》わせていた。

「あなた、あなた」

お春は小声で男を宥めるように云った。彼女の細い眼にも感激の涙が浮かんでいるらしかった。

「わたくしは全くなんにも覚えのないことですから、どんなに調べられても怖いことはありません。どうぞ心配しないで帰ってください」

お留もうつむいて眼を拭いていた。巡査は黙って三人の顔を見つめていた。そのうちに興奮した神経も少し鎮まったらしく、かれは努めて落ち着いたような調子で巡査に云った。

「では、どうでしょう。わたくしも少し思い付いたことがありますから、その富子という人に逢わせてくれませんか」

巡査は別に故障を唱えなかった。かれは宿の番頭を呼んで、誰かこの人を富子の座敷へ案内しろと云い付けたので、丁度そこに立っていた富寿がその男を二階へ連れて行った。

頭から衾《よぎ》を引っかぶっていて、誰にも醜い顔を見せまいと泣き喚く富子をすかして、ようように衾を少しばかり引きめくると、男は彼女の顔をじっと見つめて首肯いた。

「判りました。わかりました」と、かれは俄に喜びの声をあげた。「私はこれを研究しているんです。あなたはこっちへ来てから庭や畑へ出たことがありますか」

「そんなことは一度もありません」と、富寿は代わって答えた。

「そうですか」と、男はしばらく考えていた。「それじゃあその花環というのは何処にあります」

「劇場の表に飾って置きましたが、今は休みですから下の座敷に持って来てあります」

「そうですか、一緒に来てください」

彼は富寿を急がせて再び二階を降りた。花環を入れてある下座敷の前に来たときに、かれはまた立ち停まった。

「あなた一人じゃいけない。警官を呼んで来てください。ほかの人もなるたけ大勢呼んでください」

どやどや集まって来た人達と一緒に、かれはその座敷へ踏み込んで花環の前に立った。そうして、凋《しお》れかかった花を仔細に検査していたが、やがて跳り立って声をあげた。

「これだ、これだ。御覧なさい」

彼は手をのばして、その花の一つをむしるようにゆすぶると、白い菖蒲の花のかげから一羽の紫色の小さい蝶がひらひらと舞い出した。かれは持っているハンカチーフで、すぐにそれを叩き落としてしまった。

「それは台湾蝶というものなんだそうです」と、富寿は説明した。「毒のある蝶々で、それに刺されるとひどく腫れ上がって熱が出ることがあるんだそうです。何処にでもいるという訳じゃないんですが、ここらでは時々に見掛けることがあるので、その人は頻りにそれを研究していたんだということです」

「すると、お春という女からくれた花環のなかに、ちょうど台湾蝶が棲んでいたんですね」と、私は訊いた。

「お春さんも無論知らない。富子さんも知らないで、うっかりとその花環をいじくっているうちに、いつかその毒虫に刺されたんです。こう判ってみれば何でもありませんけれど、前の事情があるからどうしてもお春さんを疑うようにもなりますわね。その男の人というのは、その町の中学の理科の教師だそうでした」

「お春とは関係があったんですね」

「そうでしょう」と、富寿は首肯いた。「お春さんも自分の家へ男を引っ張り込むのは奉公人なんぞの手前もあるので、わたくし達の泊まっていた宿屋を出逢い場所にして、いつもお留という女中がその使いをしていたらしいんです。お留がお春さんのあとを追っかけて行って、なにか内証話をしていたのもその相談だったんでしょう。けれども、巡査にむかって正直にそれを云うわけにもいかないので、お留も困ったに相違ありません。それだけにまた余計な疑惑がかかったという訳で、考えて見ると可哀そうでしたが、まあ、まあ、無事に済んでようござんした」

「しかしもう一つ疑えば、お春が男の知恵をかりて、台湾蝶を花環の中へわざと入れてよこしたんじゃないかしら」

「あなたも疑惑《うたがい》ぶかい。そんなことをいえば際限がありませんわ。病気の原因が判ったので、富子さんはその手当てをして、その後間もなく癒《なお》りました」

狸《たぬき》尼《あま》

一

「僕の郷里には狸が尼に化けていて、托鉢《たくはつ》中に犬に咬《か》み殺されたという古い伝説がある。現にその尼のかいた短尺《たんじやく》などが残っているとかいうことで、僕は子供のときに祖母からたびたびその話を聴かされたものだ。しかし今日《こんにち》になってみると、そういうたぐいの伝説は諸国に残っていて、どれが真実《ほんとう》であるか判らないくらいだ。ところが、僕の郷里にはそれに類似の新しい怪談がもう一つ伝えられている。それは明治十五年、僕が九歳の時の出来事であるから、僕もその人間をよく知っているのだ」

梶沢《かじさわ》君はこう云って、眼の縁に小皺《こじわ》をよせながら私の顔を軽く見た。その顔付きがなんだか一つ戯《からか》ってやろうとでも云いそうに見えたので、こっちも容易に油断しなかった。

「そりゃ君の生まれ故郷だから、そんな人間もたくさん棲んでいるだろう。現に僕の目の前にも、狸だか狢《むじな》だか正体のわからない先生が一人坐っているからね」

と、わたしは莨《たばこ》の烟《けむり》を鼻から噴きながら、軽く笑っていた。

「いや、冗談じゃない。これは真面目の話だ」と、梶沢君は肩をゆすりながらひと膝乗り出した。

「その人間が果たして真実の狸であったかなかったかは別問題として、とにかくに一種不思議な事件の発生したことは事実だ。今もいう通り、僕もその人間を見《み》識《し》っているし、ほかにも証人が大勢ある。まあ、黙って聞きたまえ。事実の真相はまずこうだ」

梶沢君は医師で、神田の大きい病院の副院長を勤めている。快活な性質で、平素から洒落《しゃれ》や冗談を得意としている人物であるからうっかりすると見事に引っかつがれるおそれがあるので、我々もこの先生と向かい合った時には内々警戒しているのであるが、きょうはどうやら真面目らしく、その専門の医学上から何かの秘密を説明しようとするかのようにも見えたので、わたしも相手の命令通りに、おとなしく黙って聞いていると、梶沢君はまずこんなことから話し始めた。

僕の郷里――君も知っている通り、宇都宮から五里ほども北へ寄っている寂しい村だ。それでも人家は百七、八十戸もあって、村の入口には商売店なども少しはある——は奥州街道の一部で、むかしは上り下りの大名の道中や、旅人の往来などでかなりに繁昌したそうだが、汽車が開通してからまるで火の消えたように寂れてしまった。この話の起こった明治十四、五年の頃はまだ汽車もなかった時代だが、それでも昔にくらべると非常に衰微《すいび》したといって、僕の祖母などはときどきに昔恋しそうな溜め息をついていたのを、僕も子供心に記憶している。これから僕が話すのは、その亡びかかった奥州街道の薄暗い村里に起こった奇怪な出来事だと思ってくれたまえ。

その頃は村の奥に大きい平原があって、それはかの殺生石《せっしょうせき》で有名な那須野《なすの》ヶ原《はら》につづいているということであった。今日《こんにち》では大抵開墾《かいこん》されてしまって、そこにはまた新しい村がだんだんに出来たが、僕の少年時代にはなるほど九尾《きゅうび》の狐でも巣を作っていそうな芒原《すすきばら》で、隣村へいくにはどうしてもその芒原の一角を横切らなければならない。そこには、夏になると大きい青い蛇が横たわっているのを見た者がある。秋から冬にかけては狐が啼《な》く。維新前には追剝《おいは》ぎに惨《むご》たらしく斬り殺された旅人もあった。

そんな噂のかずかずに小さい魂を脅かされて、僕も日が暮れてからは決してその芒原を通り抜けたことはなかった。ところが、ある時に父の使いでどうしても隣村まで行かなければならないことが出来《しゅったい》した。

それがすなわち明治十四年の三月中旬のことで、その当時十三の兄貴は修業のために東京の親類へあずけられていて、家にいる者は祖母と両親と作男二人と下女一人とで、作男はほかにいろいろの用があるから、昼間は遠方へ使いなどにやってはいられない。父は武士《さむらい》あがりで、身体も達者、気も強い方であったから、大抵の用事ならば自分自身でどこへでも出ていくという風であったが、その時は半月ほど前から風邪をひいて、まだ炬燵《こたつ》を離れずに寝たり起きたりしていたので、僕が名代《みょうだい》として隣村まで使いにやられることになってしまった。

その用向きはなんだか知らないが、父は僕に一封の手紙を渡して、これを田崎《たざき》の小父《おじ》さんのところへ届けて来いと云ったばかりであった。その頃、父は隣村の田崎という人と共同で、開墾事業を計画していたから、それについて何か至急に打ち合わせでもしたい用件が出来したらしかったが、子供の僕は別にそれを詮議する必要もないので、ただ云い付けられたままに手紙をしっかり握って、隣村へすたすた出て行ったのは正午を少し過ぎた頃であった。

隣村といっても一里余も距《はな》れていて、その途中の大部分は例の芒原を通らなければならない。勿論、春の初めで芒はみんな枯れ尽くしていたが、那須ヶ獄《だけ》から吹きおろして来る風はまだ寒い。お前もかぜを引くといけないといって、ふだんから僕を可愛がってくれる祖母が一種の耄碌頭巾《もうろくずきん》のようなものを被せてくれたので、僕はその頭巾の間から小さい眼ばかり出して、北の方を向いて足早にあるいて行った。

原を通りぬけて無事に隣村へ行き着くと、田崎の小父さんは近所までちょっと用達《ようたし》に出たから少し待っていてくれという。そこの家にも祖母《おばあ》さんがあって、僕の来たのを珍しがって、丁度きょうは先祖の御命日とかで五目飯を拵えたから、まあ上がってゆっくり食って行けというので、僕も囲炉裏《いろり》の傍に坐り込んで、その五目飯を腹いっぱいに食った。

食ってしまったが、田崎の小父さんはなかなか帰って来ないので、家でも待ち兼ねて迎《むか》いにやってくれると、小父さんはやがて帰って来たが、その返事を書くのがまたなかなか暇取ったので、僕がいよいよ手紙をうけとって、家の人達に挨拶してそこを出たのは、もうかれこれ四時近い頃であった。

「日が暮れないうちに早く帰れよ」

小父さんの優しい声を背後に聞きながら、僕は再び耄碌頭巾を被った人となって、もと来た路を真っすぐに急いで帰った。この頃の日はまだ短い。途中で日が暮れたら大変だと思いながら、僕は小さい足を早めて行くと、原の途中まで来かかった頃には日の影がだんだんに薄れて来て、広い平原をざわざわと吹いて通る夕暮れの風が、いよいよ身にしみ渡るように思われた。

　僕は手紙を懐中《ふところ》に入れて、俯向《うつむ》きながら急いでゆくと、僕の目の前に、一人のうしろ姿があらわれた。恐らく突然にあらわれた訳ではあるまい。僕は先刻からうつむいて歩いていたので、自分の行く先に立っている人間のあることを今まで見いださなかったのであろう。いずれにしても、この寂しい原中の夕暮れに、突然自分の前に立っている人影を発見したときに、僕はぎょっとして立ちすくんだ。

　その人は鼠色の法衣《ころも》を着て、おなじ色の頭巾をかぶっていた。白足袋に低い朴《ほう》歯《ば》の下駄を穿いて、やはり俯向き勝ちにとぼとぼと歩いていた。そのうしろ姿をこわごわ透かしてみて、僕は少し安心した。その僧形の人間は、僕の村はずれの小さい堂を守っている地蔵尼《じぞうに》という尼僧らしく思われたのであった。

　こうなると、僕もだんだんに気が強くなって、更にその正体を確かめるために、足を早めてそのうしろ影を追って行った。原は広いが、往来の人に多年踏み固められたひと筋の通路は、蛇のように蜿《うね》って細い。僕はその細い路を真っすぐに辿って行って、やがて追いついた頃から少し横にそれて、芒の根の残っている高低《たかひく》の土を踏みながら、二足三足通り越して振り返ると、尼も僕の足音に初めて気がついたらしく、俯向いていた目をあげてこっちを偸《ぬす》むようにそっと見た。僕の推量通りで、彼女は果たしてかの地蔵尼であった。

「坊さん。どちらへ」と、尼は微笑みながら云った。

断って置くが、彼女が僕に対して坊さんと呼びかけたのは坊主という意味ではない。いわゆる坊ちゃんという意味である。父が士族であるので、土地の者は僕を尊敬して坊さんと呼ぶのが普通であった。坊さんの僕は呼ばれて立ち停まった。そうして、尼に対して丁寧に頭を下げた。

「隣村へお使いでござりますか」と、尼は何もかも知っているようにまた云った。

「はい」

このままに彼女を置き去りにして行くのは、なんだか失礼であるかのようにも思われたので、僕は自然に足の速度をゆるめて、彼女が路を譲ってくれるままに、狭い路をならんであるき出した。

日が暮れかかって、このさびしい野原のまん中をただ一人で行くよりも、路連れのある方が気丈夫であると思ったのと、もう一つには僕の祖母が平素からこの尼を尊敬して、彼女が托鉢に来るときには必ず幾許《いくら》かの米か銭かをやるのを見馴れているので、僕も尼に対しては一種の敬意と懐し味とをもっている為であった。

宗旨《しゆうし》はなんだか知らないが、尼は今日も隣村へ托鉢に出たと見えて、片手には鉄鉢《てつぱつ》を捧げていた。片手には珠数をかけて、麻の袋をさげていた。袋の中には米の入っていることを僕は知っていた。

尼は徐《しずか》に歩きながら優しい柔らかい声で僕にいろいろのことを話しかけたが、子供の僕は軽く受け答えをするだけで、大抵は黙って聴きながら歩いていた。原を通りぬける間、路を行く人には一人も出逢わなかった。

尼の足が遅いので、原を出ぬけた頃にはもう暮れ切ってしまって、僕と列《なら》んで行く尼の顔もただうす白く見えるばかりであった。夕の寒さはだんだんに深くなって来て、青ざめた大空の下に僕の村里の灯が微かに低く沈んでいた。

原の入口には石の地蔵が寂しく立っている。古い地蔵は二十年ほど前の大雪に圧し倒されて、鼻や耳をひどく傷めてしまったので、その後新しく作りかえるについて、日光の町から良い職人をわざわざ呼んで来て、非常に念を入れて作らせたのだとかいって、村の者が平素自慢しているのを僕もうすうす聴いていた。

地蔵様は僕よりも大きかった。まず十五、六の少年ぐらいの立像で、その顔はいかにも柔和な慈悲深そうな、気高い、美しい、いわゆる端麗とでもいいそうな、ここらの田舎には珍しいくらいの尊《とうと》げな石像であった。これを作る費用は幾らかかったか知らないが、ともかくもこれ程の立派な地蔵様が我が村境に立たせたもうことは、村に取って一種の誇りであったであろうと僕は今でも思っている。

この地蔵様がこの話に大関係をもっているのだから、よく記憶していて貰いたい。

われわれ二人が今この地蔵様の前に来かかると、尼は僕の傍をついと離れて俄に立像の下にひざまずいた。鉄鉢も麻袋も投げ出すように地に置いて、尼はしばらく尊像を伏し拝んでいた。

僕は一緒になって拝む気にもなれなかったので——その癖、祖母と一緒に来て、花を供《そな》えたりしたこともあるのだが——ただぼんやりと突っ立っているばかりであった。

尼は僕という路連れのあることを忘れたように、しばらくそこにひざまずいて拝んでいた。

村に入って、小さい茅葺《かやぶ》き堂《どう》の前で僕は尼に別れた。

二

ここでこの尼の身の上を少し説明しておく必要がある。僕は前に彼女の名を地蔵尼といったが、ほんとうの名は無蔵尼《むぞうに》というのだそうである。生まれは京都だとか聞いているが、その優しい音声に幾らかの京訛《なま》りを留めているだけで、平素の詞《ことば》には上方弁《かみがたべん》らしい点もなかった。

若いときから諸国の寺々を修行してあるいたと本人自身も云っていたが、真実の年は幾歳だか誰も知らない。本人も人に話したことはなかったが、もう三十ぐらいであろうと僕の祖母は推測していた。しかしその推測の年よりも若く見えるので、僕の母などはまだ二十五、六ではないかとも云っていた。

かの尼が年よりも若く見えるというのは、その容貌がいかにも、若々しいからであったろう。大抵の尼僧は痩せ枯れて蒼白い人が多いのであるが、地蔵尼は大柄でこそなけれ、肉付きは決して貧しくなかった。もちろん肉食などをする筈はないのであるが、白い顔に薄い紅味《あかみ》を帯びて、見るから色艶のいい、頬の肉の豊かな、ちっとも俗人と変わらないみずみずしい風丰《ふうぼう》を具《そな》えているのが、村の若い者の注意を惹《ひ》いた。

「あれが尼さんでなければなあ」

こんなことを云う不埒《ふらち》な奴もあった。その不埒な若者の二、三人がある晩酒に酔った勢いで、尼のところへからかいにいくと、尼は堂の扉をかたく鎖《とざ》して入れなかった。そうして、仏前に向かって高い朗《ほが》かな声で経を読み始めた。その威厳に脅かされて不埒者の群れは喧嘩に負けた犬のように早々に逃げ帰った。こんなことから、かの尼に対する村の信仰はいよいよ強められた。

尼がこの村に足を入れたのは今から三年ほど前で、それまでは宇都宮の方にいたとの話であった。修行のために奥州の方角を廻るつもりで、この街道を托鉢しながら通る途中、かのありがたい石地蔵の前に立ったときに、尼は云い知れない随喜渇仰《ずいきかつこう》の念に打たれて、ここに暫《しばら》く足を停めることに決心して、村はずれに茅葺きの小さい堂を建立《こんりゅう》した。

僕は子供の時のことで、それらの事情を詳しく知らないが、なんでも以前からやはりそこには堂のようなものがあって、堂守がどこへか退転した後は久しく破損のままになっていたのを、かの尼が村中を勧化《かんげ》して更に修復したのだとも聞いていた。

　いずれにしても、かの尼は一人でその小さい堂を守って、経を読むのと托鉢に出るのと、かの地蔵様を拝むのと、それだけを自分の日々の勤めとして、道徳堅固に行ない澄ましていた。彼女は地蔵様を信仰することが厚いので、本名の無蔵尼がいつか地蔵尼に転じてしまって、村の者はみな地蔵尼と呼ぶようになった。僕の祖母も母もやはり地蔵さんと呼んでいた。

　その晩、家へ帰ると、僕の戻りの遅いのを幾らか不安に思っていたらしい祖母や母も、地蔵さんと一緒に帰って来たと聞いて喜んでいた。祖母はあくる朝、かの尼が托鉢に来るのを待ち受けて、きのうの礼を頻りに云っているらしかった。

　それからふた月ばかりは別に何事もなかったが、五月ももう中旬頃のことと記憶している。ある晩、父がかの田崎の小父さんのところへ行って、酒の馳走になって夜更けて帰って来ると、原の出はずれで不思議なことを見たと云った。

「あの尼はどうもおかしい。おれが今あすこを通ったら、石の地蔵様にしっかり縋《すが》り付いて、何か泣いているようであった」

「いつもの御信心でお地蔵様を拝んでいたのでしょう」と、母は別段気にも留めていないらしかった。

「それに相違ない。お前は酔っているから何かおかしく見えたのだろう」と、祖母も母に相槌《あいづち》を打った。

なにぶんにも酔っているという弱味があるので、父はあくまでも自分の目を信ずるわけにもいかないらしかったのと、かの尼に対して格別に強い信仰も持っていなかったのとで、父もそれに対して深く反抗しようともしなかった。父はそれぎり黙って囲炉裏のそばに寝転んでしまった。しかしそれが僕の幼い好奇心を動かして、その夜の父の話はいつまでも耳の底に残っていた。

その後も尼は毎日托鉢に出て、ときどき僕の家《うち》の門《かど》にも立った。祖母は必ず米か銭かをやった。僕もかの尼の顔を見ると必ずお辞儀をした。こうしてまたふた月ほど経つうちに、かの尼に対して更に一種不思議な噂が伝えられた。それを僕たちに報告したのは、家の作男の倉蔵《くらぞう》であった。

「皆さま、お聞きなせえましよ。あの地蔵さんはこの頃気がふれたのかも知れねえという者もあるし、また別になんだかおかしなことを云い触らす者もありますよ。どっちが真実か知れねえが、なにしろ変な話でね」

「あの地蔵さんがどうしました」と、母は縁側にいる倉蔵に声をかけた。

「どうしたといって……」と、彼は声を低めた。「夜更けに村はずれへ出て行って、石地蔵様にしっかり取っ付いて、泣いたり笑ったりしているそうですよ。村中で確かに見たというものが二、三人ありますから、よもや嘘じゃあるめえと思います」

いつかの父の話を思い出したらしく、母と祖母とは不安らしい眼を見あわせた。庭に遊んでいた僕も眼を輝かして縁先へ戻って来た。

「なぜそんなことをするのかね」と、祖母はまだ半信半疑らしい口吻《くちぶり》で云った。

「そりゃ判りません、だれにも判りません」と、倉蔵も不思議そうにまた囁いた。

「それからね。まだおかしいことを云い触らす者があるんですよ。どうもあの尼さんは尋常《ただ》の人間じゃないと……」

「尋常の人間じゃない。まあ、どうして……」と、母も目を瞠《みは》りながら直ぐに訊き返した。

「皆さまも御承知でしょう、あの尼さんは平素から犬が大嫌いで……。犬が吠えると顔色を変えるそうですよ。それがこの頃はだんだん烈しくなったようで、この間もあの石地蔵様を拝んでいるところへ、原の方から野良犬が二匹出て来てわいわいわん吠え付いたら、尼さんは怖ろしい顔をして、初めは手に持っている珠数で打ち払うような真似をしていたんですが、終《しまい》にはもう気が昂《たか》ぶったようになって、そこらにある石塊《いしころ》や木の切れを拾って滅茶苦茶に叩きつけて、地団太を踏んで飛びあがって……。そこへ村の利助《りすけ》が丁度に通りかかって、犬どもを追っ払ってしまったんですが、その時の尼さんの顔はまるで人相が変わって、目を据えて、歯を食いしめて……。利助も思わずぞっとしたといいますよ。それがみんなの耳にはいると、さあどうもおかしい、そんなに犬を嫌うのはただ事じゃあるめえ、ひょっとすると尼さんの正体は狐か狸じゃあるめえか……」

こういうと、僕の生まれ故郷の人間はひどく無知蒙昧《むちもうまい》のように思われるかも知れないが、なにしろまだ明治十五、六年頃の田舎のことで、しかもその近所には九尾《きゅうび》の狐で有名な那須野ヶ原がある。前にもいった通り、狸が尼僧に化けていたという古い伝説もある。そうした空気のなかで育てられたその当時の人達が、こういう考えを懐《いだ》くのはあながちに笑うべきではあるまいと、僕は郷里の人間を代表してここに一応の弁解を述べて置きたい。

実はこの話をする僕自身ですらも、それを聞いたときには驚いて顔色を変えた。祖母も母も呼吸をのみ込んでしばらくは声を出さなかった。

「でも、滅多なことを云ってはなりません。犬の嫌いな人は世間にないことはない。犬が嫌いだからといって、狐の狸のと……。まあ、まあ、黙ってもう少しなりゆきを見ている方がいい」と、祖母はまだ素直にそれを信用しないらしかった。外から帰って来た父は、それを聞いて笑い出した。

「はは、いま時そんなことがあって堪まるものか。しかしあの尼が石地蔵に取っ付くというのは本当だ。過日《いつか》も話した通り、俺も確かに一度見とどけたことがある」

過日の話が裏書きされたので、僕達ももうそれを疑う余地はなかった。なぜそんな変な真似をするのか、その仔細は誰にも判らなかった。判らないにつれてそこにまたいろいろの臆説も湧き出して、彼女に対する諸人の信仰も尊敬もだんだんに薄れて来た。僕の家ではその後も相変わらず米や銭を喜捨《きしゃ》していたが、村の或る者は彼女が托鉢の鉦《かね》を鳴らして来ても、顔を背けて取り合わないのもあった。あるいは手を振って断るのもあった。

こういう風に自分の村の信仰がだんだん剝落《はくらく》して来たので、尼は生活の必要上、かの芒原を遠く横切って、専《もっぱ》ら隣村の方へ托鉢に出るようになった。隣村ではかの尼をどう見ていたか知らないが、僕の村ではその評判がますます面白くなくなって来た。

悪戯《いたずら》小僧はそのあとを尾けていって、わざと犬をけしかける者もあった。ある若者は夜の更けるまで村はずれに忍んでいて、尼が石地蔵に取り縋《すが》りに来るところを確かに見とどけようと企てたが、それはみな失敗に終ったらしく、その後に彼女の怪しい行動を見つけたという者は一人もなかった。

「それ見なさい。ここらの人達はなにを云うのか」と、祖母は自分の信用の裏切られないのを誇るように云った。

祖母ばかりでなく、根が正直な村の人達は、あまりに早まって彼女を疑い過ごしたのをいささか悔やむような気にもなったらしく、一度は顔を背けていた者もこの頃では再び親しみをもつようになって、自分の村中を廻っただけでも尼の托鉢はかなりに重くなるらしかった。

こうして、かの尼に対する村人の信仰がだんだん甦って来ると反対に、尼の顔《かお》容《かたち》のだんだんにやつれて来るのが目についた。豊かな頰の肉はげっそりと痩せて、顔の色は水のように蒼白くなった。今までは毎日欠かしたことのない托鉢を、ときどきに怠る日さえあった。

「地蔵さんこの頃は病気じゃないかしら」と、祖母は心配そうにひたいを皺めていた。

尼の顔色の悪いのは、この間からの悪い噂に気を痛めたせいであろうと、祖母は云った。さもなければ、女の足で遠い隣村まで毎日托鉢に出て行った疲労であろうと、母は云った。村の人たちもやはりそんな風に解釈したらしく、取り留めもない噂を立てて直接間接にかの尼を迫害した自分たちの罪をいよいよ悔やむようになった。

その罪滅ぼしという訳でもなかろうが、尼の住んでいる茅葺き堂も近来よほど傷《いた》んで来たので、盂蘭盆《うらぼん》でも過ぎたらばみんなが幾許《いくばく》かずつ喜捨して、堂の修繕をしてやろうという下相談まで持ち上がった。しかも尼の顔色の衰えはいよいよ目立って来た。彼女は悼ましいほどに窶《やつ》れてしまった。

「御病気でございますか」

彼女が托鉢に来た時に、僕の祖母が同情するように訊いたが、尼はそれを否認して、別に変わったこともないと答えた。

そのうちに盂蘭盆が来た。その当時、ここらではもちろん旧暦に拠《よ》っていたので、新暦ではもう八月の末であったろう、日が落ちるとひやひやする秋風が那須野の方から吹いて来た。

旧暦十五日の宵には村の家々で送り火を焚いた。僕の家でも焚いた。その夜、地蔵尼は例の地蔵様の足もとに死んで倒れていた。

それがまた、村中の大問題になった。

三

「尼さんが死んだ。地蔵さんが死んだ」

こういう噂が村中に広まると、大勢の人達はおどろいて村はずれに駈け付けた。僕も無論に駈けていった。それは午前六時すこし過ぎた頃であったろう。まだ霽《は》れ切らない朝霧は大きい海のように広い平原の上を掩《おお》っていて、冷たい空気がひいやひやと襟にしみた。

僕がいきついた頃には、もう十二、三人の男や女がかの石地蔵のまわりを取り巻いて、なにかわやわやと立ち騒いでいるので、その袖の下をくぐって覗いてみると、地蔵尼は日ごろ信仰する地蔵様の台石を枕にして、往来の方へ顔をむけて横さまに倒れていた。その顔が生きている時と同じように白く美しくみえたのが今でも僕の記憶に残っている。彼女は死んだのではない、疲れて眠っているのではないかとも思われた。

駐在所の巡査も出張した。裁判所の役人も来た。その後の手続きはどうであったか、子供の僕にはなんにも判らなかったが、父や母の話を聞くと、地蔵尼の死体にはなんの異状もなく、ただその左の脛《すね》に薄い歯のあとが残っているだけであった。どうして死んだのか判らない。むろん自殺ではない。さりとて他殺とも見えない。

医師の検案によると、死後五、六時間を経過しているらしいとのことであるから、尼の死は夜半《よなか》の十二時頃から一時頃までの間に起こったものであろうと想像されたが、そんな時刻になぜそこらに彷徨《さまよ》っていたのか、その仔細ももちろん判らなかった。

その夜半頃に地蔵様のあたりで犬の吠える声を聞いた者がある。尼の白い脛に残っている薄い歯のあとから鑑定して、あるいは犬に咬まれたのではないかという噂も起こったが、警察の側ではその説に耳を借さないらしく、なにか頻りに他の方面を捜査しているとのことであった。

「村の若い奴等が何か悪さをしたのかな」

父が母に囁いているのを、僕は小耳に聴いた。父がなぜそんな判断をくだしたのか僕にはちっとも判らなかったが、父は駐在所の巡査と平素から懇意にしているので、その方から何か聞き込んだことでもあるのかも知れないと、ひそかに想像していた。

「もし本当にそんなことでもあったのなら大変です。お地蔵様の罰《ばち》があたります」と、母も容易ならぬことのように顔をしかめていた。

とりわけて平素から地蔵尼に信仰をもっていた祖母は、尼の死を深く悼むと同時に、その怪しい死にざまについていろいろの判断を下しているらしかった。

それから三、四日経ってから隣村から田崎の小父さんが訪ねて来たが、隣村でもいろいろの臆説が伝わっているらしく、その中でも犬に咬まれたというのが最も有力な説であるらしかった。しかし僕の父は一言のもとにそれを云い破ってしまった。

「なんの馬鹿な、急所でも咬まれたら知らぬこと。足をちっと咬まれたぐらいで、人間ひとりが死んで堪るものか」

田崎の小父さんもしいてそれに反対しなかった。実をいうと、僕も二、三年前に右の足を野良犬に咬まれたことがある。しかし五、六日の後にはすっかり癒ってしまって、こうして平気で生きている。それを思うと尼が犬に咬み殺されたというのはどうも嘘らしいと、僕もひそかに父の意見に賛成していた。田崎の小父さんが帰ったあとで、父は家内の者にこんなことを云った。

「隣村でもやっぱり馬鹿なことを云っているらしい。今に見ろ、ほんとうの罪人があらわれて吃驚するから」

果たしてそれから十日あまりの後に、村の若い者が二人まで拘引された。一人は喜蔵《きぞう》、ひとりは重太郎《じゅうたろう》といって、人間は悪い者ではないが、酒の上がよくない上に、身持ちも治まらない道楽者であった。

彼等はかつて酒に酔った勢いで、夜更けに尼の堂を襲いに行った悪戯者の仲間であった。それればかりでなく、重太郎は現場に有力な証拠品を遺《のこ》していたということが、この時初めて判然《はっきり》した。

巡査は尼の倒れていた石地蔵を中心として、その付近の芒原を隈《くま》なく穿索《せんさく》すると、地蔵様の足下から二間ほども離れた芒叢《すすきむら》のなかに馬士《まご》張りの煙管《キセル》の落ちていたのを発見したが、捜査の必要上、今まで秘密に付していたのであった。もう一つは、尼の死体にもかの歯の痕ばかりでなく、なにか怪しむべき点のあったことが発見されていたのであった。

煙管の持ち主がはっきりすると同時に、その晩一緒に帰ったというかの喜蔵も共犯者の嫌疑をうけた。彼等二人は盆踊りに行って、夜更けに連れ立って帰って来た。そうして、尼の死体の傍らに重太郎の煙管が落ちていた。殊に彼等は平素から身持ちがよくない。酒の上も悪い。それがいよいよ彼等の不利益となって、尼僧殺しの嫌疑者と認められてしまったのである。

僕の父が予言した通り、彼等はなにかの悪さをして、尼僧を死に致らしめたものと認められたのである。二人が拘引されると、村中の者はまた忽ちに彼等を悪魔のように憎んだ。

「呆れた奴等だ。とんでもねえ奴等だ。人もあろうに、清浄《しょうじょう》の尼さんにそんな悪戯をして、挙げ句の果てが殺すとは……。彼奴《きやつ》等、どうせ地獄へ堕ちるに決まっている。首を斬られても仕方がねえ」

「それ見ろ」と、僕の父も誇るように云った。「犬に食われたなんて嘘の皮だ。犬よりも人間の方が余っ程おそろしい」

嫌疑者の二人は強情に白状しなかった。彼等は警官の取り調べに対して、こういうことを申し立てた。なるほど自分たちは先年も尼の堂を襲おうとしたことがある。実は盆踊りの夜にも尼に出逢った。しかし自分たちは決して尼の徳操《とくそう》を汚したこともなければ、身体を傷つけたこともない。

その晩、盆踊りに夜が更けて、踊り疲れた二人が村はずれの地蔵様のそばまで戻ってくると、芒の間に白い影がぼんやりと浮き出してみえた。幽霊かと思って怖々ながら透かしてみると、それはかの地蔵尼であった。尼は白い衣服《きもの》を着て、地蔵様のまわりを幾たびか徐《しずか》に廻《めぐ》っていた。

何をしているか判らなかったが、ともかくもその正体が判ったので、二人は急に心強くなった。そればかりでなく、尼が夜更けに地蔵様の近所をさまよっていることは今までにも度々聞いているので、彼等は尼が一体何をしているかを見届けようとして、ひそかに囁き合って芒の茂みに身を隠していると、尼はそんなことに気が付かないらしく、夜露に裳《もすそ》を浸しながらしばらくはそこらをうろうろと迷っていた。

尼は安らかに眠られないので、冷たい夜風に吹かれているのかも知れないと二人は想像していた。尼は容易にそこを立ち去らなかった。遠い原中で狐の啼く声が聞こえた。薄い月がぼんやりと弱い光を投げて、そこに立っている石地蔵の姿が幻影《まぼろし》のように薄白く見られた。尼はやがて立ち停まって、狐のように左右を見廻していたが、さながら吸い寄せられたように地蔵様の前にふらふらと近寄った。と思うと、尼は両手を大きく拡げて冷たい石に抱きついた。そうして、何かひそひそと囁いているらしかった。

この奇怪な行動を二人は眼を放さずに窺っていると、尼の身体は吸い着いたように離れなかった。それが五分もつづいた。十分も続いた。二人はもう根負けがしたのと、藪蚊に襲われる苦しさとで、思わず身動きをすると、彼等を包んでいる芒の葉がざわざわと鳴った。

その物音に初めて気がついたらしく、尼は石をかかえた手を放して、急にこっちを見返った。どこかで狐の鳴く声がまた聞こえた。なんだか薄気味悪くもなって来たので、二人はやはり息を殺して忍んでいると、尼は何者かを猟《か》るようにこっちへだんだんに歩み寄って来た。二人の姿は忽ちに見いだされた。

「お前さん方は先刻からそこにおいででしたか」と、尼は弱い声で訊いた。

二人は黙っていると、尼は更に摺り寄って来て、今度は少し力強い声でまた訊いた。

「お前さん方は何か見たでしょうね」

二人は正直に答えるのを躊躇した。彼等は何とはなしにこの尼が怖ろしいようにも思われて来て、とてもここで戯弄《からか》うような元気は出なかった。ただ黙ってその白い顔を眺めていると、彼女はしずかに云い出した。

「見たらば見たとはっきり云ってください。見ましたか、見たに相違ありますまい。今夜のことは決して誰にも云ってくださるな。もしお前さん方の口からこの事が世間に知れると、わたしは未来までも怨みますぞ」

尼の顔色は物凄かった。気のせいか、その口は耳までも裂けるかと思われた。二人はぎょっとしてほとんど無意識に承諾の返事をあたえると、尼はかさねて念を押した。

「きっと他言してくださるな」

「ようござえます。なんにも云いません」

早々に二人はそこを逃げ出した。行き過ぎてそっと見かえると、尼はやはりそこにたたずんで、芒の間に白い半身をあらわしながらこっちをじっと見つめているらしかった。二人はいよいよ気味が悪くなって、足を早めて帰ってしまった。

四

喜蔵と重太郎の申し立ては、その後幾たびの取り調べに対しても決して変わらなかった。彼等はその以外にはなんにも知らないと固く云い張っていた。煙管は重太郎の所持品に相違なかったが、それは芒の中に忍ぶ時に遺失したもので、ほかには何の仔細もないといった。

しかし尼の行動に対する彼等の申し立てがあまりに奇怪であるために、警察では容易にそれを信用しなかった。深夜に石地蔵を抱いて何事をか囁いている――しかもそれを決して他言するなという――そんな不思議な事実を列べ立てただけでは、道楽者二人が無罪であるという証拠にはならなかった。

彼等がなんと云い張っても、警察の側では尼の死体を検案の結果、一つの動かない証拠を摑んでいるので、嫌疑者は尼の徳操を汚したものと認められていた。彼等は泣いて無実を訴えたが、ひとまず裁判所へ送られてしまった。しかし彼等の申し立てた事実が世間に洩れ聞こえると、一方にはまた彼等を弁護する者があらわれて来た。

今までにも尼が夜ふけに地蔵様のほとりをふらふら徘徊しているのを見かけた者は、彼等二人のほかに幾人もあった。尼が一度その信用を墜《おと》してしまったのもそれが為であった。して見れば、尼がその当夜そんな怪しい行動を演じていたというのも、まんざら跡方のないことでもあるまいというのであった。

この弁護説がだんだん広がると、彼等二人に対する大勢の憎しみがまたおのずから薄らいで来た。それと同時に尼に対する新しい疑惑が再び起こって来た。これはどうしても尼さんの正体が怪しいと人々は噂し合った。

僕の家の倉蔵がまたこんなことを報告した。

「御隠居さま、慶善寺《けいぜんじ》の話をお聴きになりましたか」

慶善寺というのはこの村にたった一つの古い由緒のある寺で、地蔵尼の亡骸《なきがら》はここに埋葬されたのである。その寺に何事が起こったか、僕達はなんにも知らなかったので、祖母はさらに摺り寄って訊いた。

「どうしたの、お寺に何かあったのですか」

「この頃、お寺の墓場で毎晩のように犬の吠える声が聞こえるのでございます。それがゆうべは取り分けて激しいので、お住持がそっと起きて行ってみると、一匹の小さい狸が野良犬に咬み殺されて死んでいました。狸は爪の先で新仏の墓土を掘り返そうとしているところを、犬に咬まれて死んでしまったのでございます。ただそれだけならば、狸めの悪戯で事が済むのですが、その墓が尼さんの……」

「まあ」と、祖母は息をのんだ。そばで聞いている僕も耳をかたむけた。

あとでその事件を父に訴えると、父はただ冷やかに笑っていた。

「狸めはよくそんな悪戯をするものだ」

父の解釈は単にそれだけであったが、村の者はそれを狸の悪戯とのみ見過ごさないで、その以上に深い秘密が潜んでいるように解釈するものが多かった。地蔵尼は非常に犬を嫌っていた。その死体の脛にも薄い歯のあとが残っていた。その新しい墓土を狸が掘り起こしに来て、犬に咬み殺された。

こういう事実をむすび付けて考えると、地蔵尼と犬と狸と、その間に何かの連絡がありそうにも思われた。尼に対する一種の疑惑がまたもや強い力をもって大勢の心を支配するようになった。

「あの尼はやっぱり尋常《ただ》の人間じゃない。狸だ、狸だ」

死体の脛に残っていた歯のあとがいよいよ有力の証拠となって、尼は犬にくい殺されたものと決められてしまった。喜蔵と重太郎とが通り過ぎたあとで、尼はまだそこをうろうろしているところを、野良犬に咬まれたに相違ないと、多数の意見が一致した。

僕の母なぞも少しその説に傾きかかった。祖母と父とはいつまでも強情にそれを否認していたが、大勢《たいせい》はもう動かすことが出来なかった。たとい狸の化けたのでないとしても、地蔵尼の本性はおそらく真人間ではあるまいということに決められてしまった。

「村の奴等にも困ったものだ」と、僕の父は苦笑いをしていた。

その疑惑を解くために、尼の死体を発掘してみようという説も起こったが、慶善寺の住職は頑として肯かなかった。警察でも許さなかった。したがってその実《じつ》否《ぷ》を確かめることは出来なかったが、怪しい死を遂げた美しい尼僧は、誰が云い出したともなしに、狸尼の名を冠せられてしまって、雪の深いその年の冬にも、炉のほとりの夜話に彼女の名がしばしば繰り返された。

足かけ四月ほども未決囚として繋がれていた二人の嫌疑者は、その年の暮れにいずれも証拠不十分で放免された。二人の嫌疑が晴れると同時に、尼に対する疑惑はいよいよ深くなった。

狸尼の名は僕よりも小さい子供ですらもよく知っている。堂は無住のままで立ち腐れになってしまった。尼を信仰していた僕の祖母も、狸が人間に化ける筈がないと主張していた僕の父も、この問題に対しては口を噤《つぐ》んでしまった。

尼の遺産――といったところで、もちろん目ぼしいものは何にもなかったが、白木の経机と、三、四冊の経文と、三、四枚の着換えとが残っていたのを、みな慶善寺に納めることになった。

そのほかに古い手文庫のようなものが一つ見いだされたが、それは警察の方へ引きあげられた。文庫のなかには書き散らしの反古《ほご》のようなものがいっぱいに詰めてあったが、その大部分はいろいろの地蔵様の顔を模写したもので、問題の種になった村はずれの地蔵様の顔は二十枚以上も巧みに模写してあったと伝えられている。

昔ならばこれも狸の描いた絵などといって珍しがられたのであろうが、警察で焼き棄てられたか、あるいはそのままに保存してあるか、そのゆくえは判らない。しかし彼女が地蔵様の絵姿をたくさん持っていたのから割り出して、僕の父はこういう解釈をくだしていた。

「あの尼は信仰に凝り固まって、一種のお宗旨ぐるいになってしまったのだ。石の地蔵様に抱きついたとか、縋り付いたとかいうのはそのせいだ。別に不思議があるものか」

尼は狸ではない、精神病であったかも知れない。僕は半信半疑で父の説明を聴いていた。田崎の小父さんに逢ったときにその話をすると、小父さんもうなずいて、成る程そんなことかも知れないと云っていた。

「それにしても尼はどうして死んだのだろう。やはり犬に咬まれたのかしら」と、小父さんは更に首をかしげていた。僕にもそれは判らなかった。

すると、翌年の二月の末になって、ここらも漸《ようや》く春めいて来た頃に、隣村の源《げん》右《え》衛門《もん》という百姓が突然拘引された。

源右衛門はもう五十以上の男で、これまで別に悪い噂もきこえない人間であっただけに、かれが尼殺しの嫌疑者として拘引されたという事実がまたもや世間をおどろかした。かれは陽気の加減か、この頃少しく気がふれたような工合で、ときどきにおかしなことを口走った。

「狸が来た。狸が迎いに来た」

それが警察の耳にはいって、かれは遂に拘引されることになったのであった。なんだか取り逆上《のぼせ》ているらしいので、ひとまず近所の町の医院へ送られたが、ふた月ばかりで正気にかえった。それから警察へ送られ、さらに裁判所へ送られ、小半年の後に懲役にやられた。

しかしかれは直接に尼を殺したのではないということであった。そんならどうして懲役にやられたのか、子供の僕には委《くわ》しい事情を知ることが出来なかった。祖母や母も僕にむかっては十分の説明をあたえてくれなかった。

それからだんだんに年が過ぎて、僕は近所の町の中学校へ通うようになった。ある年の夏休みに、僕の兄が東京から帰省したとき、一緒にそこらを散歩していると、二人は村はずれの石地蔵の前に出た。兄は誰から聞いたのか知らないが、狸尼のことは勿論、源右衛門のこともよく知っていて、今まで僕の知らなかった事実を話してくれた。

源右衛門は尼の死ぬ一週間ほど前に、尼に関係したことがあるのを白状した。源右衛門が夜更けて例の地蔵様の前を通ると、尼が石の仏をかかえて何事をか囁いているのを見つけた。尼は自分の秘密を覚《さと》られたのを知って、決してそれを他言してくれるなと彼に頼んだ。

五十を越した源右衛門は自分の足もとにひざまずいている若い尼僧を見ているうちに、俄に浅ましい妄念を起こした。そうして、その口留めの代わりとして或る要求を提出した。尼は無論に拒《こば》んだのであるが、かれは脅迫的に自分の目的を達して別れた。

それから一週間の後に尼は怪しい死を遂げた。しかし狸尼の噂が隣村まで伝えられたので、源右衛門は後悔と恐怖とに襲われた。日を経るにしたがって、その恐怖がいよいよ彼のたましいを脅《おびや》かして、自分が狸に取りつかれたように感じられて来た。

かれは取り留めもないことを口走って、とうとう自分の身体を暗いところへ運ぶようになったのであった。しかしかれ自身が尼を殺したのでないという申し開きが立って、軽い懲役で済んだ。

兄もそれ以上のことは知らないらしかった。

「話はまずそれだけのことさ」と、梶沢君は云った。「結局、その地蔵尼はどうして死んだのか判らないことになっているのだ。今日《こんにち》であったならば死体解剖の結果その死因を確かめることも出来たのだろうが、なにしろ明治十五、六年の頃で、しかもまだ開けない田舎の村の出来事であるから、とうとうそれなりになってしまったらしい。警察では無論に狸とは認めていないが、土地の者は今でも半信半疑で、やはり狸尼の噂が残っているのを見ると、むかしから各地に伝えられている怪談も、大抵はこんな類《たぐい》が多いのだろうと想像される。それで、尼の死因はまず疑問として、もう一つの疑問は尼と石地蔵との一件だ。夜更けに石地蔵を抱いて何事をか囁いていたとかいう、それを僕の父が解釈したように宗教に取り憑《つ》かれたと認めることが出来ないでもないが、僕は医学上の見地からむしろそれを一種の色情症と認めたいと思っている。早く云えば、尼はその地蔵様に惚れているのだ。いや、冗談じゃない。外国にもそんな例は沢山ある。外国にも銅像を抱く者もある。靴を懐中にする者もある。尼が地蔵様に恋していたことは、彼女の手文庫の中にその絵像を沢山持っていたのを見ても想像することが出来る。

殊に普通の人間と違って、若い女盛りで尼僧生活を送っている以上、その生理上にも一種の変態を起こすのは怪しむに足らない。尼はなんでもない、単に一種の色情症患者に過ぎないのであろうと僕は鑑定している。彼女が犬をなぜ嫌ったか、それは判らない。それが彼女を狸の方へ引き寄せる一つの理由になっているのであるが、おそらく子供の時に犬に咬まれた怖ろしい経験をもっているか、あるいは生まれついて犬を嫌う性質であるか、単にそれだけのことで、他に深い理由がありそうにも思われない。それから割り出していけば、彼女の死もほぼ想像されないこともない。その晩、例のごとく石地蔵を抱いていたところを二人の若い者に見付けられたので、勿論その口留めをしなければならない。しかしその前の源右衛門老爺《じじい》の凌辱に懲りているので、彼女は一生懸命に、努めて端厳《たんげん》の態度で二人に接したに相違ない。それが一方にはなんとなく薄気味悪いようにも感じられたのだろう。二人が立ち去ったあとへ、彼女の大嫌いの野良犬がどこからか出て来て、突然に彼女の裳《すそ》をくわえたか、あるいは足を咬んだか、それに強く脅かされて、彼女は心臓を破ったか、あるいはおどろいて倒れた機《はずみ》に石地蔵で頭を打って、脳震盪《のうしんとう》でも起こしたか。死因はおそらくそこらにありはしまいかと思われるが、今日になってはもう確かなことは断言できない。尼の新しい墓を狸が掘ったとかいうのは、この事件になんの関係もないことで、新仏の墓を犬や狸がほり返すことは往々ある。ある地方では河童《かっぱ》の仕業だなどと云い伝えている所もある。まあこれで狸の正体も大抵判ったろう。狸に関係したと思いつめていた源右衛門老爺は出獄後どうなったか、それは僕も聞いていない」

蛔《かい》蟲《ちゅう》

「あの時は僕もすこし面食らったよ」と、深田《ふかだ》君がわたしに話した。深田君自身の説明によると、かれはその晩、地方から出京した親戚のむすめを連れて向島《むこうじま》のある料理店兼旅館へ行って、芋と蜆汁《しじみじる》を食っていたのだというのである。

親戚の娘を妙なところへ連れ込んだものだと思うが、ともかくもその説明を正直にうけ取って、仮りに親戚の娘としておく。その娘は二十歳《はたち》ぐらいで、深田君の話ぶりによるとなかなか粋《いき》な女であるらしい。

それは九月の彼岸《ひがん》前で、日の中は盛夏《まなつ》のようにまだ暑いが、暮れるとさすがに涼しい風がそよそよと流れて、縁の柱にはどこから飛んで来たか機織虫《はたおりむし》が一匹鳴いていた。深田君はその虫の音を感に堪えぬように聞いていたが、やがて一人で庭に降りた。なにか少し面白くないことがあって、いわゆる親戚の娘を座敷に置き去りにして来たのである。

今夜はどこの座敷もひっそりして、明るい月の下に冷々《ひやびや》とながれている隅田川の水を眺めているのは、この家《うち》じゅうで深田君一人かと思われるくらいであった。

深田君は出来そこないの謡《うたい》か何かを小声で唸りながら、植え込みの間をぶらぶら歩いているうちに、かれはたちまち女の声におどろかされた。

「あら」

だしぬけに金切り声を叩き付けられて、深田君はびっくりして立ち停まった。親戚の娘がさき廻りをしていて、いたずらにおどしたのかとも思ったが、そうでないことはすぐに判った。

深田君をおどろかした女はやはり二十歳ぐらいで、庇《ひさし》の大きい束髪《そくはつ》に結っていたが、そのなまめかしい風俗がどうも堅気《かたぎ》の人間とは受け取れなかった。女の方でも深田君の姿がだしぬけにあらわれたので、思わず驚きの声を立てたらしく、急に気が付いたように言葉をあらためて謝った。

「どうも失礼。まことにすみません」

「いや、どうしまして」

云いながらよく見ると、女は色の白い丸顔の小作りで、まぶしそうに月明かりから顔をそむけた睫毛《まつげ》には白い露が光っていた。女はこの木のかげに隠れて一人で泣いていたらしかった。そう思うと何だか気になるので、深田君はまた話しかけた。

「いい月ですね」

「そうでございますね」と、女はうるんだ声で答えた。

それがいよいよ気にかかるので、深田君は判り切っているようなことを訊いた。

「あなたお一人ですか」

「はあ」

「お一人ですか」と、深田君は不思議そうに念を押した。

「はあ」

「あなたはこの土地の人ですか」

「いいえ」

若い女がただ一人でここへ来て、木のかげに隠れて泣いている。深田君はいよいよ好奇心をそそられて、どうしてもこのままに別れることが出来なくなった。もう一つには、この女がどう見ても堅気の人間でないらしいことが、深田君の心を強くひき付けた。

「お一人で御退屈ならわたしの座敷へお遊びにいらっしゃい。あなたとお話の合いそうな女もおりますから」

「ありがとうございます」

もうその以上には何とも話しかける手づるがないので、深田君は心を残してかの女に別れた。

　二、三間行きすぎて振り返ると、女は土にひざまずいて木の幹に顔を押し付けてまた泣いているらしかった。なにぶん見逃がすことが出来ないので、深田君はまたそっと引っ返して来て声をかけた。

「あなた、どうしたんです。心持ちでも悪いんですか」

　女は返事もしないですすり泣きをしていた。

「え、どうしたんです。訳をお話しなさい。あなたは一体どうして一人でここへ来ているんです」と、深田君は無遠慮に切り込んで訊いた。「だしぬけにこんなことを云っちゃあ失礼ですけれども、一応その訳をうかがった上で、またなんとか御相談にも乗ろうじゃありませんか。あなたは一体なにを泣いているんです」

　女は容易にすすり泣きを止めないのを、いろいろになだめてすかして詮議すると、女は上州前橋の好子《よしこ》という若い芸妓《げいしゃ》であった。

　土地の糸商の上原《うえはら》という客に連れられて、きのうの夕方東京に着いて、ゆうべは上野近所の宿屋に泊まって、きょうは浅草から向島の方面を見物して、午後三時頃にこの料理店にはいった。

風呂をすませて、夕飯を食って、今夜はここに泊まるはずであったが、上原はちょっとそこまで行ってくるといって、好子を残して出たままで今に帰って来ないのをみると、自分はきっと置き去りにされたに相違ない。ここの家の勘定もまだ払っていない。自分は旅費も持っていない。どうしていいかと途方に暮れて、いっそこの川へ身でも投げてしまおうかと、さっきから庭に出て泣いていたのであると判った。

「そこで、その上原という人は何時頃に出て行ったんです」

「五時過ぎでしたろう」

今夜はまだ八時を過ぎたばかりで、五時から数えてもまだ三時間を多く越えない。それですぐに置き去りと決めてしまうのは、あまりに早まっているように深田君は思った。

用向きの都合では二時間や三時間を費やすこともないとはいえない。その理屈をいって聞かせても、好子はなかなか承知しなかった。上原は自分を振り捨ててどこへか姿を隠したに相違ないと、泣きながら強情を張った。これには何か仔細があると見て、深田君は無理に彼女をなだめて、ともかくも自分の座敷へ連れて行くと、親戚の娘も気の毒がって親切にいたわってやった。

それからまただんだん問いつめて行くと、上原という男はことし三十一で、女房もあれば子供もある。ことに養子の身分で、家には養父も養母も達者である。そういう窮屈な身分で土地の芸妓と深い馴染みをかさねたのであるから、なんらかの形式で一種の悲劇が生み出されずにはすまない。

家庭にはいろいろの葛藤《かっとう》がもつれにもつれて、結局自棄《やけ》になったかれは女を連れて養家を飛び出した。男も女も再び前橋へは帰らない覚悟であった。男は二百円ほどの金を持っていて、その金の尽きた時が二人の命の終りであるということも、お互いのあいだに堅く約束されていた。

「上原さんはきっと急に気が変わって、あたしを置き去りにして逃げたに相違ありません」と、好子はくやしそうに泣いて訴えた。

この場合、そうした偏僻《ひがみ》や邪推の出るのも無理はなかった。知らない東京のまんなかへ突き出されて、一緒に死のうとまで思いつめている男に振り捨てられたとなれば、定めて悲しくもあろう。口惜しくもあろう。

深田君もひどく彼女の身の上に同情したが、その男が果たして変心したのかどうか、実はまだ確かに判らないのである。もし変心しないとすれば、かれらは早晩死の手につかまれなければならない。変心したとすれば、女は一人で捨てられなければならない。いずれにしても、不運は好子という女の上に付きまとっているのである。深田君はなんとかしてかの女を救ってやりたいと思った。

男が無事に帰って来たらば、その突きつめた無分別をさとしてやろう。男が果たして帰らなかったらば、女に旅費を持たせて前橋へ送り返してやろう。深田君は二つに一つの料簡をきめて、親戚の娘とともに好子をしきりになだめていると、それから一時間ほども経った頃に、家の女中たちが庭をさがし歩いているような声がきこえた。

「なんでも庭の方を歩いていらしったようですが……」

「庭に出ていましたか」と、男の不安らしい声もきこえた。

それが好子の連れの男であることはすぐに想像されたので、深田君は早く行けとうながしたが、好子はなぜか容易に起とうともしなかった。庭の方ではしきりに探しているらしいので、深田君は気の毒になって声をかけた。

「もし、もし、お連れの御婦人ならばここにおいでですよ」

その声を聞きつけて、男の方はすぐに駈けて来た。それが上原というのであろう。顔の青白い、眼の色のにぶい、なんだか病身らしい痩形の男で、深田君に丁寧に挨拶して好子を連れて行こうとすると、好子は正気を失ったように飛びかかって男の腕を強くつかんだ。

「薄情、不人情、嘘つき……。人をだまして、置き去りにして……」

力任せに小突きまわして、好子は嚙み付きそうに男の薄情を責めた。それがヒステリーの女であることを深田君はさとった。

上原という男も人の見る前、すこぶるその処置に困ったらしく、いろいろにすかして連れて行こうとしたが、好子はなかなか肯《き》かないで、大きい庇髪をふりくずしながら、自分の泣き顔を男の胸にひしと押し付けて、声をあげて喚いた。

深田君も見ていられないので、親戚の娘と一緒にそれをなだめて、どうにかこうにか座敷の外へ送り出すと、上原は詫びやら礼やらを取りまぜて、すみませんすみませんと繰り返して云いながら、無理に好子を引き摺るようにして、自分の座敷へ連れて行った。

「気が動顚《どうてん》したんでしょうか」と、親戚の娘はほっとしたように云った。

「ヒステリーだろう」

「だって、男が帰って来たらいいじゃありませんか」

「そこが病気だよ。理屈には合わない。お前だって時々そんなことがあるぜ」と、深田君は笑った。

男が帰って来たらばその無分別を戒しめてやろうと待ちかまえていた深田君も、この騒ぎに少し気をくじかれて、今すぐに何を云っても仕方がない。男もこっちの意見を聞いている余裕はあるまい。ともかくも女のちっと落ちつくのを待って、それからおもむろに云うだけのことを云って聞かそうと思い直して、かれは良い月を見ながら酒を飲んでいた。

「あなたもあたしを置き去りにして行くと、あたしヒステリーになってよ」と、親戚の娘は酌をしながら云った。

こっちにも少し悶着《もんちやく》が起こっていたのであるが、よその騒ぎでうやむやのうちに納まってしまって、深田君はいい心持ちに酔いが廻った。青白い顔の男もヒステリーの女も、かれの記憶からだんだんに遠ざかって、とうとうそこにごろりと寝ころんでしまった。

「あなた、お起きなさいよ。大変よ」

親戚の娘にゆり起こされて、深田君は寝ぼけ眼《まなこ》をこすりながら顔をあげると、かれはいつの間にか蚊帳《かや》のなかに寝かされていた。枕もとの懐中時計を見ると、もう午前一時を過ぎていた。

「あなた、さっきの人が死んだんですとさ」

「男か女か」と、深田君はぎょっとして起き直った。

「男の人ですって……。警察から来るやら、大騒ぎですわ」

深田君は蚊帳を這い出して、すぐに上原の座敷へ行ってみると、座敷のなかには警部らしい人の剣の音がかっかっと鳴っていた。刑事巡査らしい平服の男も立っていた。

蚊帳はもうはずしてあった。二つならべてある一方の蒲団の上には、寝みだれ姿の好子が真っ蒼な顔をして坐っていた。深田君は廊下からそっと覗いているのであるから、その以上のありさまはうかがい知ることが出来なかった。死人の姿は見えなかった。

家の女中達もみな起きて来て、遠くから怖そうにうかがっていた。その中に深田君の座敷を受持ちの女中もいたので、一体どうしたのかと訊いてみると、今から小一時間も前に、この座敷でけたたましい叫び声がきこえた。不寝番がおどろいて駈け付けると、男は蒲団から転げ出して死んでいた。女は魂のぬけたような顔をしてその死骸をぼんやりと見つめていた。

女のいうところによると、二人ともに眼が冴えて寝付かれないので、夜のふけるまで起き直って話していると、男は突然に空をつかんでばったり倒れてしまった。事実は単にそれだけで、彼女は出張の警官に対してそう申し立てたのである。しかしそこには何か不審の点があるらしく、女はなお引きつづいて警官の取り調べを受けているのであった。

その話を聞いているうちに、刑事巡査らしい平服の男が廊下へ出て来て、深田君のたもとを軽くひいた。

「あなた、ちょいと顔を貸してくれませんか」

「はい」

かれに誘われて、深田君は庭に出ると、明かるい月は霜をふらしたような白い影を地に敷いて、四つ目垣《よめがき》に押っかぶさっている萩や芒《すすき》の裾から、いろいろの虫の声が湧き出すようにきこえた。その葉末の冷たい露に袖や裾をひたしながら、二人はならび合って立った。

「あなたは今夜あの女にお逢いだったそうですね」と、男は云った。「あなたはお一人ですか」

いわゆる親戚の娘を連れているだけに、こういう取り調べを受けるのは深田君に取ってすこぶる迷惑であったが、よんどころなしに何もかも正直に申し立てると、男は一々うなずいて聞いていた。

「すると、あの男と女は心中でもしそうな関係になっているんですね」

「まあ、そうらしいんです。わたくしも意見してやろうと思っているうちに、つい酔っ払って寝込んでしまって……」

「そうでしょう。お連れがありますから」と、男はひやかすように云った。「男の死体は医師が一応調べたんですが、脳貧血、脳溢血、心臓麻痺、そんな形跡は少しも見えないで、どうも窒息して死んだらしいという診断です。男の喉《のど》のあたりには薄い爪の痕が二、三ヵ所残っています。そうすると、どうしても女に疑いがかかる訳ですが、女はなんにも知らないとばかりで、ちっとも口をあかないんです。一体あの女は少しおかしいんじゃありませんかしら」

「御鑑定の通りです。あの女はどうもヒステリーだろうと思われます」

「そうでしょう」

男はしばらく黙って考えていた。深田君も黙っていた。さっきのありさまから想像すると、女はあくまでも自分を置き去りにしたように男を怨んで、ヒステリー的の激しい発作《ほっさ》から突然に男の喉を絞めたのではあるまいか。男の喉に爪のあとが残っているというのが疑いもない証拠である。それでも深田君は念のために訊いた。

「で、なにか紛失品はなかったんですか」

「それも一応取り調べたんですが、別に紛失したらしい物品もないようです。あの二人は小さい信玄袋のほかにはなんにも持っていないんですから」と、男は説明した。「いや、あなたのお話でもう大抵判りました。ついては幾度もお気の毒ですが、あの座敷の方へもう一度行ってくれませんか」

重々迷惑だとは思ったが、深田君はそのいうがままに再びもとの座敷へ引っ返して来ると、好子はやはりおとなしく坐っていた。なにを訊いても固く唇を結んでいるので、警部も持て余しているらしかった。刑事巡査らしい男は深田君を案内して、好子の眼の前へ連れ出した。

「おい。いつまで世話を焼かせるんだ」と、彼はさとすように好子に云い聞かせた。「おまえはこの人を知っているだろう。お前はゆうべこの人の見ている前で、上原という男にむしり付いたというじゃないか」

「人を置き去りにしようとしたからです」と、好子はほろほろと涙を流した。

「それが嵩《こう》じて、ここでも上原に武者ぶり付いたんだろう。もとより殺す気じゃなかったんだろうが、夢中で絞め付けるはずみに相手の息を止めてしまったんだろう。え、そうだろう。正直に云わないじゃいけない」

「そんなことはありません」

「だって、ほかに誰もいない以上は、お前が手を出したと認めるよりほかはない。お前はどうしても知らないと強情を張るのか」

「知りません」

男は深田君の方を見返って、なにか云ってくれと眼で知らせるらしいので、深田君はいよいよ迷惑した。しかしどう考えても、好子がその加害者であるらしいので、かれも一応の理解を加えてやろうと思った。

「好子さん。さっきは失礼しました。上原さんというかたはどうも飛んだことでしたね。一体どうしてこんなことになったんでしょう。あなたが傍にいてなんにも知らないはずはないでしょう。上原さんの喉には爪のあとが付いていたというじゃありませんか」

「どうだか知りません」と、好子はまた泣いた。

男をうしなった悲しみの涙か、男を殺した悔やみの涙か、その白いしずくの色を見ただけでは深田君には判断が付かなかった。

「今もいう通り、あなたが上原さんを殺す気でないことは判っています」と、深田君はまた云った。

「勿論、あなたが上原さんを殺すはずがありません。しかし物事には時のはずみということがあります。時のはずみで心にもない事件が出来《しゅったい》する例はたくさんあります。あなたが腹立ちまぎれに上原さんの胸倉でもつかんで、それがなにかのはずみで……。ねえ、そんなことじゃないんですか。それならば早く正直に云った方があなたのためです。もともと殺す料簡でしたことではない、あなたと上原さんとはまた特別の関係にもなっているんですから、別に重い罪にもなるまいと思われますが……」

噛んでふくめるように云って聞かせても、好子はどうしても白状しなかった。しまいには声をあげて泣くばかりであった。もう仕方がないので、警官は彼女を警察へ引致《いんち》しようとすると、好子は激昂してまた叫んだ。

「どうしてもあたしを人殺しだというんですか。あたしがなんで、上原さんを……。あたしはそんな女じゃありません。上原さん、上原さん。あなた後生《ごしょう》ですから、もう一度生き返って来て、あたしのあかしを立ててください。それでなければいっそあたしを殺してください。上原さん、上原さん。あなたとうとうあたしを置き去りにして行ったんですね。置き去りにした上に、あたしをこんな目に逢わせるんですか、上原さん……」

好子は声のつづく限り、悲しげな叫びをあげながら曳《ひ》かれて行った。

好子が出て行ったあとで、深田君も悲しい暗い心持ちになった。宵に自分が他愛なく酔い倒れてしまわなければ、このわざわいを未然に防ぎ止めることが出来たかも知れない。自分の不用意のために、見す見すかの男と女とを暗いところへ追いやってしまったのである。

そうした悔恨に責められながらぼんやり起ち上がろうとすると、どうしたはずみかかれは一方の蒲団の端につまずいて、足の爪さきに蛇のようなぬらぬらしたものを踏みつけた。時が時だけに彼はひやりとして、あわてて電灯の光に透かしてみると、それはみみずの太いようなものであった。

上原の死体はさきに警察に運び去られていたが、その敷き蒲団の下にこんな薄気味のわるい虫がひそんでいたことを誰も発見しなかったのであろう。深田君は身をかがめてよく見ると、虫はもう死んでいた。それは一尺ほどの蛔蟲であった。

深田君も子供の時にたびたび蛔蟲に悩まされた経験があるので、ひと目見てそれが蛔蟲であることをすぐに覚った。ここに一匹の蛔蟲が横たわっている以上、それが人間の口から吐き出されたに相違ないと思った。上原の病身らしい顔付きから想像して、彼が蛔蟲の持ち主であることも考えられた。

「いいものを見付けた。なにかの証拠になるかも知れない」

かれはその蛔蟲をハンカチーフに包んで、すぐに警察へ持って行った。


「話はこれっきりだ」と、深田君は云った。「この蛔蟲一匹で万事が解決してしまったんだよ。好子は結局無関係とわかって放還された」

「じゃあ、上原という男はどうして死んだのだ。蛔蟲に殺されたのか」と、わたしは訊いた。

「まさにそうだ。僕も毎々経験したことがあるが、蛔蟲という奴は肛門から出るばかりじゃない、喉の方からも出ることがある。僕も叔母の家へ遊びに行っている時に、口から大きい奴を吐き出して、みんなを驚かしたことがあった。上原もその蛔蟲に苦しめられていて、その晩も口から一匹吐き出した。つづいてもう一匹出ようとする奴を、女の手前無理にのみ込もうとしたらしい。一旦出かかった蟲は度を失って、もとの食道へは帰らずに気管の方へ飛び込んで、それから肺へ潜《もぐ》り込んで、かれを窒息させてしまったのだ。こんな例はまあ珍しい。最初に一匹吐き出したのを、女が早く見つけていたら、飛んだ冤罪を受けずとも済んだかも知れなかったが、男がそっと隠してしまったのでちっとも気が付かなかったらしい。僕が提出した蛔蟲が証拠となって、結局その死体を解剖すると、気管の奥からも大きい蛔蟲が発見されて、ここに一切の疑問が解決されることになったのだ。上原の喉の傷は、その前に好子に引っ掻かれたのか、あるいは本人が蛔蟲を吐き出す苦しまぎれに自分で掻きむしったのか、どっちにしても死因がすでに判明した以上は深く穿索《せんさく》すべき問題でもあるまい。上原という男は可愛い女を置き去りにして、蛔蟲と一緒に死のうとは、その一刹那《せつな》まで夢にも思っていなかったろう。一寸さきは闇の世の中……むかしの人は巧いことを云ったよ」

深田君は今更らしい嘆息をした。

河《か》鹿《じか》

C君は語る。

これは五、六年前に箱根《はこね》へ遊びに行ったときに、湯の宿に一室で同行のS君から聴かされた話で、所詮は受け売りであるから、そのつもりで聴いてください。

つい眼の先に湧き上がる薄い山霧を眺めながら、私はS君と午後の茶を啜《すす》っていた。石に咽《むせ》んで流れ落ちてゆく水の音も今日はいくらか緩《ゆる》やかで、心静かに河鹿の声を聴くことのできるのも嬉《うれ》しかった。

「閑静だね」と、私は云った。

「むむ。こうなると、閑静を通り越して少しく幽寂《ゆうじやく》を感じるくらいだよ。箱根のうちでもここらは交通が不便で、自動車の横着けなどという、洒落《しやれ》た芸当ができないから、成金《なりきん》先生などは滅多に寄りつく気づかいがない。我々の読書静養には持ってこいというところだよ。実際、あの石高路《いしだかみち》をここの谷底まで降りてくるのは少々難儀だけれど、僕は好んでここへ来る。来てみると、いつでも静かな落ち着いた気分に浸ることができるからね」

S君は毎年一度は欠かさずにここへ来るだけあって、しきりにこの箱根の谷底の湯を讃美していた。

霧はだんだんに深くなって、前の山の濃い青葉もいつか薄黒い幕のかげに隠れてしまった。なんだか薄ら寒くなって来たので、私は起《た》って二階の縁側の硝子《ガラス》戸を閉めた。

「戸を閉めても河鹿の声は聞こえるだろう」

「そりゃ聞こえるさ」と、S君は笑いながら答えた。「柄《がら》にもない、君はしきりに河鹿を気にしているね。一夜作りの風流人はそれだから煩《うるさ》い。だが、僕もあの河鹿の声を聞くと、なんだか忌《いや》に寂しい心持ちになることがある。いや、単に風流とかなんとかいうのじゃない、ほかに少し理由があるんだが……」

「河鹿がどうしたんだ。なにかその河鹿について一種の思い出があるとかいう訳なんだね」

「まあ、そうだ。実はその河鹿が直接にどうしたという訳でもないんだがね。僕がやっぱりここの宿へ来て、河鹿の声を聞いた晩に起こった出来事なんだ。僕は箱根のうちでもここが一番好きだから、もうこれで八年ほどつづけて来る。大抵は七、八月の夏場か十月、十一月の紅葉のころだが、五年前にたった一度、ちょうどこの六月の梅雨ごろにここへ来たことがある。いつでもこのころは閑《ひま》な時季だが、とりわけてその年はどこの宿屋も閑散だとかいうことで、僕の泊まっていたこの宿も僕ひとりというわけさ。お寂しゅうございましょうなどと宿の者は云っていたが、僕はむしろ寂しいのを愛する方だから、ちっとも驚かない。奥二階の八畳の座敷に陣取って、雨に烟る青葉を毎日ながめながら、のんびりした気持ちで河鹿の声を聞いたのさ。いや、実をいうと、僕はそれまで河鹿の声などというものに対して特別の注意を払っていなかった。毎日聞いていれば、別に珍しくもないからね。

ところが、僕よりも一週間ほど後れて、三人づれの女客がここの宿へ入り込んで来た。ほかに滞在客はなし、女ばかりでは寂しいというので、わざわざ僕の隣を択《えら》んで六畳と四畳半の二間を借りることになったのだ」

「みんな若いのかい」

「むむ、二人は若かった。ひとりは女中らしい二十歳ばかりの女で、一人は十六、七ぐらいのお嬢さん、もう一人はその阿母《おかあ》さんらしい四十前後の上品な奥さんで、みんな寡言《むくち》な淑《つつま》しやかな人達だから、僕の隣にいるとはいうものの、廊下や風呂場で出逢ったときにただ簡単な挨拶をするだけのことで、隣同士なんの交渉もなかった」

「交渉があっちゃ大変だ」

「いや、まぜっ返しちゃいけない」と、S君は真面目にいった。「まあ、聴きたまえ。もちろん相当の身分のある人の家族たちには相違ないが、それにしてもあんまり淑しやか過ぎる。むしろ陰気すぎるといったほうが適当かも知れない。天気の悪いこともあろうが、どこへ出るでもなしに一日閉じ籠もっていて、ほとんど口ひとつ利いたことがないといってもいいくらい。いくら上品にしても、人間が三人揃っているんだからね、たまには笑い声ぐらい聞こえそうなものだが、鎮まり返って音もしない。病人かと思うと、そうでもないらしい。もっとも奥さんは中背の痩せぎすな人で、顔の色は水のように蒼白かったが、風呂場などへ通っている様子を見るのに、別に病人というほどの弱った姿もみえなかった。

が、まあ、僕にとっては静かな方が結句ありがたいので、深くも気に留めていないと、ある晩のことだ。その日は昼のうち少し晴れたので、僕は宮ノ下《みやのした》の町まで買い物ながら散歩に出て、一時間ほどもうろついて帰って来ると、その途中から霧のような細かい雨がまたしとしとと降り出して来て、夜になっても止みそうもない。明日もまた降り籠められるのかと鬱陶《うっとう》しく思いながら、僕は夕飯の膳に向かった。それから電灯の下で書物を読んで、十時ころに風呂に入って、すぐに寝床に潜り込んだが、隣座敷の三人は一時間ほども前にもう寝てしまったらしく、縁側に向いた障子にも電灯の光は映していなかった。隣はいつでも、電灯を消して寝るのを知っているので、僕は別に怪しみもしなかった。

　そうして、僕も枕についたが、今夜はなぜか眼が冴えて寝つかれない。水の音に消されて雨の音は聞こえないが、時々に軒《のき》の樋《とい》をこぼれ落ちる雨だれの音で、今夜もまだ降りつづけているのが知られた。例の河鹿の声が哀れに寂しく聞こえる。僕はいくたびか寝返りをして、しまいには床の上に起き直って莨《たばこ》をすいはじめた。枕頭に置いてある懐中時計をみると、もう午前一時に近い。さなきだに泊まり客の少ないこの宿は、ふけていよいよひっそりしている。

　僕の神経はますます鋭くなって、とても安らかに眠られそうもないので、いっそ書物でも読もうかと思って、その本を取ろうとして寝床から這い出そうとする途端に、どこかで『パパア』というような声が突然に聞こえた。四辺《あたり》がひっそりしているから、その声は僕の耳にはっきりと響いた。それはなんだか人間の声ではないらしい、もちろん河鹿の声ではないらしい、しかも一種の悲しい哀れな、腸《はらわた》にしみ透るような声であったので、僕は思わずぞっとして、急にあたりを見まわしたが、電灯の明るい僕の座敷のうちには何物かの忍び込んだらしい形跡もみえなかった。

と思う一刹那に、怪しい声はまたも聞こえて、今度は『ママア』と悲しげに呼んだ。身の毛が弥立《よだ》って、僕もしばらくは息をのみ込んでいると……。

いや、臆病《おくびょう》といわれても仕方がない。まったくその時には総身の血が凍るように感じたので、僕は床の上に座ったままでその声の正体を確かに聞き定めようとしていると、それから二、三分も経ったかと思うころに、かの『パパア』という声がまた聞こえた。その声は隣の座敷から響いて来るのだ」

「隣の人たちは寝ているというじゃないか」と、私は訊きかえした。

「それだからなお可怪《おか》しい。僕も念のためにそっと障子をあけて縁側をうかがうと、隣の障子はやっぱり真っ暗で、内はひっそりとしている。いよいよ可怪しいと思っていると、その暗い障子の中で『ママア』という悲しい声がまたもや聞こえたので、僕はもう堪らなくなってあわてて逃げ込んで、寝床のなかへ潜り込んでしまった。そうして、衾《よぎ》を被りながらじっと耳をすましていると、隣の声はもう聞こえなかった。それでも僕の聴神経は過敏になっているので、河鹿の声までがいつもよりは耳について、もしや隣の声ではないかといくたびか脅かされた。

そういうわけだから、いつもより早起きをしてすぐに湯に浸って帰ってくると、隣座敷では今ようよう起きたらしかった。僕は注意して隣の様子をうかがっていたが、やっぱりいつもの通りに鎮まり返っていて、昨夜の怪しい声についてはにも知らないらしい。しかしその声はたしかに隣座敷に相違ないので、僕の疑問は容易に解けなかった。といって、隣へわざわざ押し掛けて行って、昨夜こういうことがありましたがと報告するのも変だから、まあそのままに黙っていると、その日は案外に朝から快晴になったので、水の音も陽気に聞こえる。山の色も眼が醒めたように鮮やかに見える。

昨夜ほとんど一睡もしなかった僕も、なんだか軽い気分になって、朝飯をすませると、すぐにステッキを振って町の方へ散歩に出て、今日も一時間あまり歩きまわって、宿の方へ帰る坂路を降りてくると、ちょうど隣座敷の女中に逢った。女中も町の方へ買い物に出て、これから宿へ帰る途中なので、二人は一緒につながって坂路を降りて来たが、僕は昨夜の一件が胸にあるので、わざわざ馴れ馴れしく話しかけて、彼女の口から何かの手掛かりを探り出そうと努めた結果、こういう事情を始めて聞き出した。

　彼女の主人はある外交官の細君と娘で、主人公は欧羅巴《ヨーロッパ》に赴任している。その主人公から小さい娘のところへ玩具《おもちゃ》の人形を送って来た。それは日本では珍しい人形で、右の手をあげると自然に『パパア』という声が出る。左の手をあげると『ママア』という声が出る」

「なあんだ」と、私は思わず笑い出した。

「笑っちゃいけない。これからが話の眼目《がんもく》だ。それをもらった娘というのは、今度ここへ来ている令嬢の末の妹で、今年ようよう九歳になるのだが、お父さんから送ってくれたその人形を非常に可愛がって、毎日それを懐《いだ》いたり抱えたりしているうちに、どうかした機《はずみ》に人形の腕を折ってしまって、パパアもママアもいわなくなった。そういう特別の人形だから日本ではとても療治《りょうじ》がとどかないので、結局わざわざそれを欧羅巴のお父さんのところまで送ってやって、その療治を頼むことになった。

　僕はよく知らないが、あっちには人形の病院があるそうだ。それは去年の九月ごろのことで、お父さんの方からそれを受け取ったという返事が来たのはその年の暮れだったが、年があけると早々に、その娘は流行性感冒にかかって、一週間ばかりでかわいそうに死んでしまった。

その病中にも人形はまだ達《とど》かないかしらと、たびたび繰り返していっていた。そうして熱の高い時には譫語《うわごと》のように人形の口真似をして、パパアやママアを叫んでいたということだ。その娘は末の児だけに、お母さんも格別に可愛がっていたのを、こうして突然に奪われたので、その当座はまるでぼんやりしていると、その娘の三十五日を過ぎたころに欧羅巴からかの人形が到着した。丁度こっちの手紙と行き違いになったらしい。

そういうわけだから、家の人達はすぐにその人形を仏前に供《そな》えて、死んだ娘が唯一の形見として大切に保存している。人形は元の通りに療治されて、手をあげるに従ってパパアやママアを呼ぶようになったが、その声を聞くと彼女が死に際《ぎわ》の声を思い出して、さらに新しい哀しみを呼び起こされるのが忌だといって、誰もその手を動かすことをあえてしなかった。

それでもお母さんの居間に飾られて、彼女が生きている時に好んでいた菓子や果物の類が絶えず供えられているうちに、お母さんもあまりの悲哀の結果か、その後一種の憂鬱症に陥ったので、親類や家族も心配して、少し転地療養でもさせたらよかろうということになって、箱根のうちでも最も閑静な場所を択んで、総領の娘と女中とが付き添って来たのだそうだ。

奥さんの顔色の悪いのも、どの人も陰気に黙っているのも、それですっかり判ったが、やっぱり判らないのは夜半《よなか》の悲しい声だ。そこで、僕はその人形をここへ持って来ているのかと女中に訊くと、奥さんは生きているお嬢さんを一緒に連れて来るこころで、その人形を箱に入れて持って来て座敷の床の間にちゃんと飾ってあるという。それを聞いて、僕はまたぞっとした。

それから女中に向かって、昨夜の夜半に何か聞かなかったかと探索《さぐり》を入れると、女中は不安らしい眼つきをして、自分は次の間の四畳半に寝ていたから何にも知らなかったが、何か可怪しなことでもあったかという。

僕は思い切ってかのパパアやママアの一件を囁くと、女中は急に声をふるわせて、それほんとうですかと念を押した上で、実は東京にいる時にも奥さんが夜半にそういう声を聞いたと仰いましたが、それは神経のせいだろうといって皆さんも信用なさらなかったのですが、それではやっぱり真実《ほんとう》なのでしょうかという。

なんにも知らない僕が偶然に聞いたのだから、おそらく神経ばかりではあるまいというと、女中はいよいよ青くなって、あの人形に死んだお嬢さんの魂が残っているのでしょうかという。そんなむずかしい問題になると僕もいささか返事に困るが、もしその人形が自然に声を出したとすればよほど考えなければならないことになる。

年の若い女中はひどく悸《おび》えているらしいので、僕もなんだか気の毒になって、あるいは奥さんが夜半に起きて自分で人形を弄《いじ》ったのかも知れないというと、女中は半信半疑らしい顔をしながら、そういえばそうかも知れませんねと首肯《うなず》いていた。

どちらにしてもこの話はここだけのことにして、奥さんやお嬢さんには何にもいわない方がいいと、僕は女中に注意して別れた。しかし実際僕も一種の不安を懐いているので、その晩もおちおち眠らないで注意していたが、隣座敷ではなんの声も聞こえなかった。

今夜も宵からまた降り出して来て、河鹿の声がしきりに聞こえた。臆病者の僕は昨夜もやっぱり河鹿の声を聞き違えたのか、それとも奥さんが暗闇で人形を泣かせたのか、それとも人形が自然に父母を呼んだのか。それは今に判らない。

それから三日ばかりの後に、隣の一行はここがあんまり寂し過ぎるとかいうので、さらにほかの場所へ引き移ってしまったので、その後のことは僕も知らない。

しかしその年の秋の末に、某外交官の夫人が病死したという新聞記事を発見したときに、僕は再び竦然《ぞっ》としたよ。そうして、あの人形はどうしたかとここへ来るたびに思い出すが、おそらくお母さんの手に抱かれて暗い土の底へ一緒に葬られてしまったろう」

父の怪談

今度は私の番になった。席順であるから致し方がない。しかし私には過当な材料の持ち合わせがないので、かつて父から聴かされた二、三種の怪談めいた小話をぽつぽつと弁じて、わずかに当夜の責任を逃がれることとした。

父は天保《てんぽう》五年の生まれで、その二十一歳の夏、安政《あんせい》元年のことである。麻布《あざぶ》竜土町《りゅうどちょう》にある某大名——九州の大名で、今は子爵《ししゃく》になっている——の下屋敷に不思議な事件が起こった。

ここは下屋敷であるから、前藩主のお部屋様であった婦人が切髪《きりかみ》になって隠居生活を営んでいた。場所が麻布で、下屋敷であるから、庭の中はかなりに草深い。この屋敷でまず第一に起こった怪異は、大小の蛙が無暗に室内に入り込むことであった。座敷といわず、床の間といわず、女中部屋といわず、便所といわず、どこでも蛙が入り込んで飛びまわる。夜になると、蚊帳の中へも入り込む、蚊帳の上にも飛びあがるというのでそれを駆逐《くちく》する方法に苦しんだ。

しかし最初の間は、誰もそれを怪異とは認めなかった。邸内があまりに草深いので、こんな事も出来《しゅったい》するのであるというので、大勢の植木屋を入れて草取りをさせた。それで蛙の棲み家は取り払われた訳であるが、その不思議は依然としてやまない。どこから現れて来るのか、蛙の群れが屋敷中に跋扈《ばっこ》していることはちっとも以前とかわらないので、邸内一同もほとほと持て余していると、その怪異は半月ばかりで自然にやんだ。おびただしい蛙の群れが一匹も姿をみせないようになった。

今までは一日も早く退散してくれと祈っていたのであるが、さてその蛙が一度に影を隠してしまうと、一種の寂寥《せきりょう》に伴う不安が人々の胸に湧いて来た。なにかまた、それに入れ代るような不思議が現れて来なければいいがと念じていると、果たして四、五日の後に第二の怪異が人々をおびやかした。それは座敷の天井から石が降るのであった。

「石が降るという話は珍しくない、大抵は狸などが後足で小石を掻きながら蹴付けるのだが、これはそうでない。天井から静かにこつりこつりと落ちて来るのだ」と、父は註を入れて説明してくれた。

石の落ちるのは、どの座敷と決まったことはなかったが、玄関から中の間につづいて、十二畳と八畳の書院がある。怪しい石はこの書院に落ちる場合が多かった。おそらく鼬《いたち》か古鼠の所為《せい》であろうというので、早速に天井板を引きめくって検査したが、別にこれぞという発見もなかった。

最初は夜中にかぎられていたが、後には昼間でもときどきに落ちることがある。石はみな玉川砂利のような小石であった。これが上屋敷にも聞こえたので、若侍五、六人ずつが交代で下屋敷に詰めることになった。が、石は依然として落ちてくる。そうして、何人《なんぴと》もその正体を見とどけることが出来ないのであった。

勿論、屋敷の名前にもかかわるというので、固く秘密に付していたのであるが、口の軽い若侍らがおしゃべりをしたとみえて、その噂がそれからそれへと伝わった。

私の父はその藩中に親しい友達があったので、一種の義勇兵としてこの夜詰《よづ》めに加えてもらうことを頼んだ。表向きには到底そんなことは許されないのであるが、幸いにそれが下屋敷であるのと、他の若侍にも懇意の者が多かったので、まあ遊びに来たまえといったようなことで、ともかくも一度その夜詰めの仲間に加えられた。妖怪を信じない父であるから、なんとかしてその正体を見破って、臆病どもの鼻をあかしてやろうぐらいの意気込みで出かけた。

それは六月の中旬《なかば》で、旧暦ではやがて土用《どよう》に入ろうというカンカン天気のあつい日であった。

父の行ったのは昼の八つ半頃（午後三時）で、今日は朝から一度も石が落ちないとのことであった。詰めている人達も退屈凌《しの》ぎに碁などを打っていた。長い日もようやく暮れて、庭の古池のあたりから遅い蛍が二つ三つ飛び出した頃に、天井から小さい石が一つ落ちた。

人々は十二畳の書院に集まっていたのであるが、この音を聞いて今更のように天井を見上げた。父はその石を拾ってみたがそれは何の不思議もない小砂利に過ぎなかった。石はそれぎりで、しばらく落ちて来なかったが、夜の四つ（十時）過ぎからは幾たびも落ちた。

石は天井のどこから落ちて来るのか、ちっとも見当が付かなかった。一人でも天井を睨んでいる間は、石は決して落ちないのである。退屈して自然に首をさげると、その隙を窺っていたように石がこつりと落ちてくる。決してばらばらと降るのではない、ただ一つ静かに落ちてくるのである。

毎晩のことであるから、どの人ももう根負けがしたらしく、特に進んでそれを詮索しようとする者もなかったが、その中で猪上《いがみ》某という若侍が忌々《いまいま》しそうに舌打ちした。

「こうして毎晩おなじようなことをしているのは甚だ難儀だ。おそらく狐か狸の仕業であろうから、今夜は嚇《おど》しに鉄砲を撃ってやろうではないか」

その詞《ことば》が終るか終らないうちに、かれはあっといって俯伏《うつぶ》した。一つの石が彼の額を打ったのである。しかも今度の石にかぎって、それが大きい切り石であったので、猪上の右の眉の上からは生血《なまち》がおびただしく流れ出した。人々は息を嚥んで眼を見あわせた。

こうなると、天井の裏に何者かが潜んでいるらしく思われるので、一座は総立ちになって天井の板をめくり始めた。父も一緒に手伝った。しかもそれはやはり不成功に終った。傷つけられた猪上はその夜から発熱して、二十日ほども寝込んだということであった。

父はその翌晩も行ってみたいと思ったのであるが、藩士以外の者をたびたび入れることは困る、万一それが重役にでも知れたときには我々が迷惑するからと断られたので、父はその一夜ぎりで怪異を見るの機会を失ってしまった。しかし小石の落ちたのは事実である。猪上が額を破られたのも事実である。それがどういうわけであるかは判らなかった。

聞くところによると、石の落ちるのはその後ひと月あまりも続いたが、七月の末頃から忘れたように止んでしまったということであった。

これは怪談というべきものでは無いかも知れない。

文久元年《ぶんきゅう》のことである。私の父は富津《ふっつ》の台場の固めを申し付けられて出張した。末の弟、すなわち私の叔父も十九歳で一緒に行った。そのころ富津付近は竹藪や田畑ばかりであったが、それでも木更津《きさらづ》街道に向かったところには農家や商家が断続につらなっていた。殊に台場が出来てから、そのあたりもだんだんに開けてきて、いつの間にか小料理屋なども出来た。

九月はじめの午後に、父と叔父は吉田《よしだ》という同役の若侍と連れ立って、ある小料理屋へ行った。父は下戸《げこ》であるが叔父と吉田は少し飲むので、しばらくそこで飲んで食って、夕七つ（午後四時）を過ぎた頃に帰った。

その帰り路のことである。長い田圃路《たんぼみち》にさしかかると、叔父はとかくによろよろして、ややもすると田の中へ踏み込もうとする。おそらく酔っているのであろうと父は思った。ええ、意気地のない奴だ、しっかりしろと小言を云いながら、その手を把《と》るようにして歩いてゆくと、叔父はしばらく真っ直ぐに歩くかと思うと、またよろよろとよろめいて田の中へ踏み込もうとする。それが幾たびか繰り返されるので、父も少し不思議に思った。

「お前は狐にでも化かされているんじゃないか」

云う時に、連れの吉田が叫んだ。

「あ、いる、いる。あすこにいる」

指さす方面を見返ると、右側の田を隔てて小さい岡がある。その岡の下に一匹の狐の姿が見いだされた。狐は右の前足をあげて、あたかも招くような姿勢をしている。注意して窺うと、その狐が招くたびに、叔父はその方へよろけて行くらしい。

「畜生。ほんとうに化かしたな」と、父は云った。

「おのれ、怪しからん奴だ」

吉田はいきなりに刀をぬいて、狐の方に向かって高く振り閃《ひらめ》かすと、狐はたちまち逃げてしまった。それから後は叔父は真っ直ぐに歩き出した。三人は無事に自分たちの詰所へ帰った。

あとで聞くと、叔父は夢のような心持ちでなんにも知らなかったということであった。これは動物電気で説明の出来ることではあるが、いわゆる「狐に化かされた」というのを眼《ま》のあたりに見たのはこれが始めてであると、父は語った。

その翌々年の文久三年の七月、夜の四つ（午後十時）頃に私の父が高輪《たかなわ》の海ばたを通った。父は品川から芝の方面へ向かって来たのである。月のない暗い夜であった。田町の方から一つの小さい盆灯籠が宙に迷うように近づいて来た。最初は別になんとも思わなかったのであるが、いよいよ近づいて双方が摺れ違ったときに、父は思わずぎょっとした。

一人の女が草履をはいて、幼い児を背負っている。盆灯籠はその児の手に持っているのである。それは別に仔細はない。ただ不思議なのは、その女の顔であった。彼女は眼も鼻もない、俗にいうのっぺらぼうであったので、父は刀の柄に手をかけた。

しかし、また考えた。広い世間には何かの病気かまたは大火傷《おおやけど》のようなことで、眼も鼻もわからないような不思議な顔になったものが無いとは限らない。迂闊《うかつ》なことをしては飛んだ間違いになると、少しく躊躇しているうちに、女は見返りもしないで行き過ぎた。暗いなかに草履の音ばかりがぴたぴたと遠くきこえて、盆灯籠の火が小さく揺れて行った。

父はそのままにして帰った。

あとで聞くと、父とほとんど同じ時刻に、札《ふだ》の辻《つじ》のそばで怪しい女に出逢ったという者があった。それは蕎麦屋《そばや》の出前持ちで、彼は近所の得意先へ註文の蕎麦を持って行った帰り路で一人の女に逢った。女は草履をはいて子供を背負っていた。子供は小さい盆灯籠を持っていた。すれ違いながらふと見ると、女は眼も鼻もないのっぺらぼうであった。

彼は吃驚《びっくり》して逃げるように帰ったが、自分の店の暖簾《のれん》をくぐると俄《にわか》に気をうしなって倒れた。介抱されて息をふき返したが、彼は自分の臆病ばかりでない、その女は確かにのっぺらぼうであったと主張していた。すべてが父の見たものと同一であったのから考えると、それは父の僻眼《ひがめ》でなく、不思議な人相をもった女が田町から高輪辺を往来していたのは事実であるらしかった。

「ただそれだけならば、まだ不思議とはいえないかも知れないが、そのあとにこういう話がある」と、父は云った。

その翌朝、品川の海岸に女の死体が浮きあがった。女は二つばかりの女の児を背負っていた。女の児は手に盆灯籠を持っていた。灯籠の紙は波に洗い去られて、ほとんど骨ばかりになっていた。それだけを聞くと、すぐにかののっぺらぼうの女を連想するのであるが、その死体の女は人並に眼も鼻も口も揃っていた。なんでも芝口《しばぐち》辺の鍛冶屋《かじや》の女房であるとかいうことであった。

蕎麦屋の出前持ちや、私の父や、それらの人々の眼に映ったのっぺらぼうの女と、その水死の女とは、同一人か別人か、背負っていた子供が同じように盆灯籠をさげていたというのはよく似ている。

勿論、七月のことであるから、盆灯籠を持っている子供は珍しくないかも知れない。しかしその場所といい、背中の子供といい、盆灯籠といい、なんだか同一人ではないかと疑われる点が多い。いわゆる「死相」というようなものがあって、今や死ににゆく女の顔に何かの不思議があらわれていたかとも思われるが、それも確かには判らない。


明治七年の春ごろ、私の一家は飯田町《いいだまち》の二合半坂《こなからざか》に住んでいた。それは小さい旗本の古屋敷であった。

日が暮れてから父が奥の四畳半で読書していると、縁側に向かった障子の外から何者かが窺っているような気勢《けはい》がする。誰だと声をかけても返事がない。起って障子をあけてみると、誰もいない。そんなことが四、五日あったが、父は自分の空耳かと思って、別に気にも留めなかった。

ある晩、母が夜半《よなか》に起きて便所へ行った。小さいといっても旗本屋敷であるから、上便所《かみ》までゆくには長い縁側を通らなければならなかった。母は手燭《てしょく》も持たずに行くと、その帰り路に縁側の真ん中あたりで、何かに摺れ違ったように感じた。暗い中であるから判らなかったが、なんだか女の髪にでも触れたように思われた。それと同時に、母は冷や水でも浴びせられたようにぞっとした。勿論、それだけのことで、ほかには何事もなかった。

また、ある晩、庭先で犬の吠える声がしきりにきこえた。あまりにそうぞうしいので、雨戸をあけてみると、隣家に住んでいる英国公使館の書記官マクラッチという人の飼い犬が、私の家の庭に入って来て無暗に吠え哮《たけ》っているのであった。二月のことでまだ寒いような月の光が隈《くま》なく照り渡っていたが、そこには何の影も見えなかった。

もしや賊でも忍び込んだのかと、念のために家内や庭内を詮索したが、どこにもそんな形跡は見いだされなかった。犬は夜のあけるまで吠えつづけているので、私の家でも迷惑した。

あくる日、父がマクラッチ氏にその話をすると、同氏はひどく気の毒がっていた。しかし眉をひそめてこんなことを云った。

「わたくしの犬はなかなか利口な筈《はず》ですが、どうしてそんなに無暗に吠えましたか」

いくら利口だと思っても犬であるから、無暗に吠えないとも限らない。マクラッチも負け惜しみをいう奴だと思っていた。それからふた月ほど経って、この二合半坂に火事があって十軒ほども焼けた。私の家は類焼の難を免かれなかった。その頃はその辺にあき家が多かったので、私の一家は旧宅から一町とは距《はな》れないところに引き移って、ひとまずそこに落ち着いた。近所のことであるから、従来出入りの酒屋が引きつづいて御用を聞きに来ていた。

その酒屋の御用聞きがある時こんなことを云った。

「妙なことを伺うようですが、以前のお屋敷には別に変わったことはありませんでしたか」

女中は別に何事もなかったと答えると、彼は不思議そうな顔をして帰った。それが母の耳にはいったので、あくる日その御用聞きの来た時にだんだん詮議すると、私の旧宅はここらで名代《なだい》の化物屋敷であることが判った。

どういう仔細があるのか知らないが、その屋敷には昔から不思議のことがあって、奥には「入らずの間」があると伝えられている。維新の頃、それを貸家にするについて、入らずの間などがあっては借り手が付くまいというので、その一間も解放してしまった。それを私の父が借りたのである。

近所ではその秘密を知っているので、今度の人はおそらく何にも知らないで引っ越して来たのであろうが、今に何事かなければよいがと蔭でいろいろの噂をしていた。酒屋でも無論に化物屋敷のことを承知していたが、まさかにそれを云うわけにも行かないので、これも今まで黙っていたのであった。

その問題の化物屋敷も今度焼けてしまったので、酒屋の者も初めてその秘密を洩らして、そこに住んでいる間に何か変わったことは無かったかと訊いたのであるが、こちらにはこれぞというほどの心当たりもなかった。

しいて心あたりを探せば、前にあげた三箇条に過ぎなかった。障子の外から父の部屋を窺ったのは何者であったか。縁側で母と摺れ違ったのは何者であったか。マクラッチ氏の犬は実際利口であったのか。それらのことはいっさい判らなかった。

山の秘密

U夫人は語る。

一

わたくしは女のことで、探偵趣味のお話の材料などを持ち合わせていよう筈もございません。ほんの申し訳ばかりに、こんなことで御免を蒙《こうむ》りたいと存じます。その場所もその関係の方たちのお名前も、はっきりとは申し上げられませんが、わたくしが学校を出ました翌年の夏の事でございました。

わたくしは東京から五時間ばかりの汽車旅行をして、お友達の吉川三津子《よしかわみつこ》さんをおたずね申したのでございます。勿論これは仮の名と御承知ください。三津子さんは学校を卒業する前から、関井《せきい》さんという方とお約束が取りかわされていて、卒業すると間もなく東京で結婚式を挙げて、すぐにその方の勤め先へ一緒に連れてゆかれることになったのでございます。

わたくしは三津子さんと同期生で、一緒に卒業式に列《つらな》ったのですが、家庭の事情や何かでその翌年まで自分の家《うち》にまだぶらぶらしていますと、その年の夏の初めに三津子さんから手紙が来て、今年の暑中にはぜひ一度遊びに来てくれということでした。

三津子さんのお連れ合いは林学士《りんがくし》で、ある地方の小林《しょうりん》区署長を勤めていらっしゃるのでございます。その官舎はなんでも山の中の寂しいところで、近所に人家などは一軒もないような、寂しいのを通り越してなんだか物凄いようなところだと聞いていました。しかしわたくしはこの通り陰気な質《たち》で、賑かなところへ出るのは大嫌い、寂しいところならば大抵は我慢の出来る方ですから、その寂しいということは、さのみに恐れもしませんでした。そんなところならば、夏は定めて涼しいに相違あるまい。

もう一つには、多年仲よく御交際《おつきあい》をしていた三津子さんが、そんな山の中でどんな新家庭を作っているかということにも一種の興味——と申しては、ちっと穏当でございませんが、まあどんな様子か、一度は見て置きたいような心持ちにもなったので、とうとう思い切ってこの夏はおたずね申しますという返事を出しますと、三津子さんの方からまた折り返して手紙が来て、それでは必ず訪ねてくれ、お目にかかって是非お話し申したいこともあるからということでしたから、わたくしも母や兄の許可《ゆるし》をうけて、七月の末になったらばきっと行くことに約束してしまいました。

七月の初めに、三津子さんからまたぞろ長い手紙が届いて、きっと約束を守ってくれと諄《くど》いように念を押して来ましたので、わたくしもすぐに返事を書いて、この月の二十五日の午前何時には東京を出発すると云って、汽車の時間までも報せてやりました。

わたくしの一家はみんな旅行好きで、わたくしも子供の時からたびたび方々へ連れてゆかれたこともありますので、今度の旅もさのみ億劫《おっくう》には思いませんでした。しかしどうしても半月以上は先方に滞在する予定ですから、女としては相当の準備をしなければなりません。ことにそんな山の中では、三津子さんも定めて食べ物にも不自由しているだろうと思ったので、いろいろの罐詰物などを買いあつめて、バスケットへいっぱいに詰め込みました。

出発の朝はどんより陰《くも》って、なんだか霧のような細雨《こさめ》が時々に降って来るらしいので、どうしようかと一旦は躊躇したのですが、汽車の時間まで先方へ報せてあることでもあり、かえってこんな日の方が涼しくていいかも知れないとも思ったので、わたくしは思い切って家を出ました。荷物が少し多いので、中学へ通っている弟が停車場まで送って来てくれました。

汽車は北の方角へ向かって行くのでしたが、途中から陰った空はすっかり剝げてしまって、汽車路の両側では油蟬《あぶらぜみ》の声が熬《い》り付くように聞こえました。強い日光は鎧戸《よろいど》の外まで容赦なく迫って来て、約五時間の汽車旅行にはわたくしもかなり疲れました。気味の悪い膏汗《あぶらあせ》が襟もとにねばり付いて、絶えずそれを拭いているハンカチーフが絞るように湿《ぬ》れてしまいました。

「三津子さんの住んでいる山の中はさぞ涼しかろう」

そんなことを考えて、努めて涼しそうな気分をよび出すようにして、わたくしはどうにかこうにかこの暑苦しい汽車旅行を終って、小さい田舎の停車場に降り立ったのは、午後一時に近い頃でした。

停車場の前には百日紅《さるすべり》の大きい枝がさながら日除けのように拡がっていましたが、その沢山の花が白昼《まひる》の日にあかあかと照らされているのが、眩《まぶ》しいほどに暑苦しく見えました。

「村上《むらかみ》さん」

よびかけられて振り向くと、三津子さんはパラソルをつぼめて、その百日紅の木蔭に立っていました。三津子さんはわたくしと同い年の二十一で、年よりも若くみえる質《たち》の人でしたが、一年あまり逢わないうちにめっきりと老《ふ》けたようで、眼の美しい下膨《しもぶく》れの顔が少し痩せたようにも見えました。なにしろ久し振りで逢ったのですから、おたがいに懐かしさは胸いっぱいで、しばらくは碌々《ろくろく》に挨拶も出来ないくらいでした。

「よく来て下すってね」と、三津子さんはほんとうに嬉しそうに云いました。「あなたのことですから、よもや嘘じゃあるまいと思っていましたけれど、こうしてお目にかかるまでは、まだどうだろうかと危ぶんでいたのでございますわ。途中はずいぶんお暑かったでしょう」

「わざわざお出迎えで恐れ入りました。お詞《ことば》に甘えてお邪魔に出ました」

「どうぞごゆっくり御逗留なすってください。田舎も田舎、そりゃ大変な山奥のようなところですけれど、せっかくいらしって下すったもんですから、ひと月でも二月でも……。あなたが帰ると仰しゃっても、わたくしの方で無理にお引き留め申しますわ」

どの道、先方へゆき着けば、ゆっくりとお話が出来るのですけれど、大抵のことはここで云ってしまわなければならないように、それからそれと話題は尽きないのが女の癖でございましょうか。それでも三津子さんはやがて気がついたように百日紅の樹の蔭を離れました。

　そうして、もう前から誂《あつら》えてあったらしい二台の人車《くるま》を呼びました。ここらの車夫は百姓の片手間なので、前から頼んで置かないと乗りはぐれることがあるそうです。案内者の三津子さんが前の人車に、わたくしが後の人車に乗せられて、木賃宿《きちんやど》のような穢《きたな》い旅籠屋《はたごや》や茅葺《かやぶ》き屋根の下に小さい床几《しょうぎ》を出している氷屋などがならんでいる、さびしい停車場前を横に切れて、黍畑《きびばたけ》のつづいている長い田圃路を駈けぬけて行きました。

　停車場から山の裾《すそ》までは二里あまりで、その山路へ差しかかってから更に一里半ほども登るのだということをたった今、三津子さんから聞かされているので、この道中はなかなか容易でないことをわたくしも内々覚悟していますと、田圃をぬけるとまた少し人家のつづいている村里に入って、それから再び田圃にさしかかって、再び人家の疎らな村に入る。こうした単調な道中を幾度もくり返しているので、田舎のめずらしいわたくしも少し倦《う》んで来ました。

　二台の人車は西北の方角へ走ってゆくようでした。その方角にはかなりに高い山が牛を臥《ね》かしたように横たわっていて、人車はそれを目標にして行くように思われました。

あの山のなかに三津子さんの家がある——それを思うと、わたくしはなんだか寂しい心持ちにもなりました。いくらお連れ合いと一緒に暮らしているとはいいながら、東京の真ん中で不自由なしに育って来た三津子さんが、こんなところに新しい家庭を作っている——それがまたわたくしには何だか嘘のようにも思われました。

山路へさしかかっても、一里ばかりの間はどうにかこうにか人車が通うのでありました。もっともその途中、狭い嶮《けわ》しい崖路で人車から降されたことが二、三度ありました。麓《ふもと》で見あげた時にはたいそう優しげな山の形でしたが、さて踏み込んでみると、ずいぶん嶮しい山坂で、こんなところに住んでいては日常生活が定めて不便なことであろうと、わたくしはつくづく思いやりました。途中でたった一人、芒《すすき》のようなものを沢山に束ねて馬の背に積んで来る男にゆき逢いましたが、そのほかには往来の人も見えませんでした。

路が下り坂になろうとして、どこやらで水の音が聞こえるところで、わたくしどもは人車から降ろされました。これから先はもう人車が通わないというのです。車夫は二台の人車を路傍《みちばた》の樹の下に置き捨てたままで、わたくしの荷物をかついで送って来てくれました。

「あなた、歩けますか」と、三津子さんは微笑《ほほえ》みながらわたくしを見返りました。もし歩けなければ、車夫に負ぶってもらえというのでしたが、わたくしは断りました。下り坂を降りると、熊笹の一面に生いしげっている底に水の音が聞こえました。山川の習いで、かなりに瀬が早いらしいと思っているうちに、五、六間もあろうかと思われる山川が眼の前にあらわれました。

川の中にはところどころに大きい石が聳《そび》えている。ぐわぐわという響きを立てて咽《むせ》び落ちて来る清らかな水は、そこにもここにも白い泡を噴いています。その川縁《かわべり》を縫って、およそ一町あまりも歩いたかと思うときに、ふと見ると一人の小さい人間が川の中の平たい石の上に身をかがめていました。

わたくしは思わず立ち停まって、あの人は何をしているのかと眺めていますと、そばにいる車夫が教えてくれました。

「あれは山女《やまめ》という魚《さかな》を捕っているのです」

「男の児でしょうか」と、わたくしは小声で訊きました。

その人間の姿がどうも男か女かよく判らなかったからでございます。

「女でしょうよ」と、車夫はまた云いました。

そういわれれば、なるほど女であるらしくも思われました。後ろ向きになっているので、その人相は判りませんけれども、長い髪の毛を藤蔓《ふじづる》のようなものでぐ、るぐると巻き付けて、肩のあたりに垂れていました。着物は縞目《しまめ》も判らないように汚れている筒袖《つつそで》のようなものを着て、腰にはやはり藤蔓のようなものを巻いていましたが、裳《すそ》が短いので腰から下はむき出しになっていました。

身体は小作りで、まだようよう十三、四の子供であるらしく、なんだか山猿に着物をきせたのではないかとも思われるような形で、一心に水の底をうかがっているらしく思われました。藤蔓を絎《わが》ねて、流れて来る魚を不意に引っかけて、片手で素早く摑んでしまうのだと車夫がまた説明しました。

その説明を聴きながら川上の方へのぼって行こうとすると、わたくしどもの足音を聞きつけたらしく、かがんでいた女の児は水の上から眼を離して、じっとこちらを見つめました。

山の中に住んでいるせいか、その児の色の白いのが、わたくしの眼につきました。容貌《きりよう》も悪くはない方でした。ただその眼付きがなんだか人間らしくない、その姿と同じように山猿を連想させるような一種の強い光をもっているのが、わたくしに云い知れない不安と不快の感じをあたえました。

その眼が三津子さんの眼と出逢った時に、三津子さんの眼の色も俄に変わったように思われました。しかし三津子さんはなんにも云わないで、わたくしの先に立って歩いてゆきました。女の児は石の上でいつまでもこっちを睨むように見送っていました。川をつたってゆくと、芒の茂っている山路は再び上り坂になりました。

二

三津子さんの家《うち》へたどり着いたのは、もう日の暮れた頃でした。車夫を帰して、三津子さんに案内されて奥へ通ると、家は四間ばかりの小さい建物でしたが、家具などは案外に整頓していました。

見おぼえのある三津子さんのピアノも座敷に据えてありました。こんなものをここまで運搬して来るのはずいぶん大変であったろうとわたくしは思いやりました。しかし三津子さん夫婦にとっては、この楽器が毎日どんなに大きい慰藉《いしゃ》をあたえているか判るまいとも思いました。

後ろの森へ入って、何かの仕事をしていた三津子さんのお連れ合い――前にも申した林学士の関井さんでございます――がやがて帰って来ました。関井さんはたしか三十一だと聞いていますが、これも一年あまりお目にかからないうちに、なんだか急に老けたようにも思われました。

去年の夏、東京で新婚の御披露のあった時に、わたくしも御招待をうけて、関井さんにはお目にかかったことがあります。出発の時にも停車場までお見送りに行きました。そういうわけで、関井さんに逢うのは今度で三度目ですが、去年から見るとなんだか顔の色がひどく蒼ざめて、急に病身にでもなったのではないかとも思われるようでした。それでも、わたくしの来たのを大層よろこんで、重い口からいろいろのお世辞などをいってくれました。

「こんな山奥でどうにもなりませんけれど、まあ涼しいのを取り得にして、どうぞいつまでも御逗留ください。草花には東京で見られないような、なかなか美しいのがあります。秋になると紅葉《もみじ》も見事です。御用がなければごゆっくりお泊まりください」

それから東京の噂などが二つ三つ出た頃に、一人の男が庭先から廻って来て、お風呂が沸きましたと知らせました。この男は麓の村の者で、前の署長の時代から小使い兼帯でここに雇われているのだそうです。名は六助《ろくすけ》といって、もう六十に近い巌乗《がんじょう》らしい老爺《ろうや》でした。

「じゃあ、早く行っていらっしゃい。汗になって気味が悪いでしょう」

関井さんに勧められて、わたくしは風呂場へ出て行きました。風呂は母屋《おもや》から十間以上もはなれた大きい桐《きり》の木の下に建てられて、その立木があたかもその三方を取り囲むように植えつけてありました。風呂に入って、いい心持ちにひたっていますと、そこらで虫の声が一面に聞こえました。

汗を流して出てくると、母屋の上にはまた一つの大きい峰が落ちかかるように聳えていて、真っ黒な大空には銀色の大きい星がかがやいています。桐の葉が山風にざわざわとそよいで、秋よりも冷たい山の空気が湯あがりの肌にぞっと沁《し》みました。

風邪でも引きはしまいかと危ぶまれて、わたくしは早々に母屋へ引っ返しました。その間、三津子さんはお夜食の支度に忙しかったようでした。

みなさんのお風呂が済みますと、八畳のお座敷に大きい食卓が運び出されて、ランプの下でお夜食が始まりました。六助老爺にも手伝わせて、三津子さんはいろいろのお料理をかいがいしく運んで来ました。

「山の中ですから、これが精いっぱいの御馳走でございますわ」と、三津子さんは笑いながらわたくしにすすめてくれました。

わたくしの来るのを前から知っていたので、台所には相当の準備があったらしく、オムレツや、フライや、鳥のお吸物や、この山で取れるという竹の子のお旨《うま》煮《に》や、沢山の御馳走が列《なら》べられたのには、わたくしも少しく驚かされました。こんな山の奥でもこんな御馳走が喫《た》べられるのかと思いました。

お午《ひる》には汽車の中でまずいサンドウイッチを少しばかり喫べただけで、それでこの山の中まで登って来たのですから、随分お腹《なか》が空いているので、わたくしはあとで考えるとほんとうに極《き》まりが悪いほどに沢山いただきました。

しかもそのいろいろのお料理のうちで、フライのお魚がかの山女であるということを知った時に、わたくしはなんだか箸をつける気になれませんでした。それはなぜであるか、自分にもよく判りませんでしたが、やはりさっきの山猿のような女の児のことがなんだか気になっているらしいのでした。

「このお魚はさっきの川で捕れるのでございますか」と、わたくしは三津子さんに訊きました。

「はあ。あすこらには余り沢山いませんけれど、下流《しも》の方へ行くとずいぶん捕れます」

「やはりここらまで売りに来るのですか」

「売りには来ませんが……」と、関井さんは横眼で奥さんの顔をちらりと視《み》ました。

「うちの老爺が村まで降りて買って来るのです。なに、ここらでは非常に廉《やす》いものですよ」

関井さんの笑い顔の寂しいのがわたくしの眼につきました。関井さんばかりでなく、三津子さんの顔にも暗い影がさしたように思われました。そうして、わたくしばかりでなく、三津子さんもその山女のフライには箸をつけないのです。どうという取り留めた理屈もないのに、山女という魚を中心にして、どの人もなんだか暗い気分を誘い出されたらしいのは不思議なことで、わたくしは詰まらないことを云い出したのを今さら後悔しました。

しかしそれもほんのちっとの間で、関井さんの夫婦はすぐに元の晴れやかな顔色に戻って、再び東京の噂や、ここらの山住居の話などを始めて、それからそれへといろいろの話に花が咲きました。

「あなたもさぞお疲れでしょう。今夜はもうこの位にして、あしたまたゆっくりお話をうかがいましょう」と、関井さんは云いました。

それは置時計が十時を打った頃で、山奥の夜はいよいよ冷えて来ました。ランプの灯を慕って来たらしい機織《はたお》り虫が天井で鳴き出しました。三津子さんは縁側に出て、空を眺めているようでした。

「ちょっと来て御覧なさい。星がずいぶん綺麗ですこと」

呼ばれてわたくしも出てみると、星は先刻よりもおびただしい数を増して、どれが天の河だか判らないくらいに、低い空一面に輝いていました。外には暗い杉の木立がすくすくと突っ立っているばかりで、山風の音も聞こえません。寝鳥《ねとり》の噪《さわ》ぐ音も聞こえません。その鎮まり返った中でじっと耳を澄ましていると、どこからか水の音が遠くひびいて来るようです。

先刻の女の児が山女を捕っていた川の音であろうと思うと、わたくしはまた女の児のことを思い出しました。

その途端に、六助老爺が何か叱《しか》っているような声が聞こえました。老爺は母屋から少し距《はな》れたところに小屋のような家を作って、そこに寝起きをしているのでした。

その声を聞くと、三津子さんは急にそこにある草履を突っかけて、二足ばかり庭先に歩き出して、仔細らしく耳を傾けているようでした。わたくしも何事かと聞き澄ましていると、老爺の声は暗い中でとぎれとぎれに聞こえました。

「また来たか。いけねえ、いけねえ。もう遅いから、帰れ、帰れ。ぐ、ずぐ、ずしていると、狼に食われるぞ」

狼――わたくしは思わずぎょっとしました。ここらにも狼が出るのかしらと、なんだか急に怖くなりましたが、三津子さんはやはり身動きもしないで、老爺の声をちっとも聞きはぐるまいと熱心に耳を引き立てているようでした。

「さあ、悪いことはいわねえ。帰れ、帰れ、帰れ。山女なんぞもう要らねえよ」

山女――それがまた、狼と同じようにわたくしの耳に強くひびきました。山女がどうしたのであろう、誰が山女を持って来たのであろう。さっきの山猿のような女の児の姿が再びわたくしの眼の先に泛《うか》び出しました。

老爺の声はそれぎり途切れて、その後はなんの音もないので、三津子さんはほっとしたように縁先へ引っ返して来ました。

寝床を敷いてもらって、わたくしは枕に顔を押し付けました。蚊はいないというので、七月の末にも蚊帳を吊ってありませんでした。一日の疲れで、定めて正体もなしに寝られるだろうと思っていましたのに、なぜか眼が冴えて眠られません。寝床が変わったせいばかりでなく、これにはなんだか訳がありそうに考えられてなりませんでした。山猿のような女の児と山女と――それが不思議にわたくしを寝苦しくさせるようでした。わたくしは午前二時の時計の音を聞いて、それからようよう寝付きました。

　夜があけると、一面の霧でした。老爺が氷のように冷たい水を汲んで来てくれたので、それで顔を洗って、わたくしは生き返ったような爽やかな気分になりました。今朝も三津子さんは台所の方が忙しそうなので、わたくしも何かお手伝いをしましょうと云いましたが、三津子さんはどうしても承知しませんでした。

「いいえ、あなたはお客様ですから、どうぞあちらへ行っていてください。こんなことは老爺を相手にして、毎日仕馴れているんですから」

　一家の主婦として、台所を一人で切って廻している若い奥さんのお邪魔をするのもかえってよくないと思って、わたくしは素直に元の座敷へ戻って来ますと、関井さんは縁側に二つの籐《とう》椅子を持ち出して、わたくしにもすすめてくれました。

　やがて三津子さんが運んで来てくれた紅茶を飲みながら、関井さんは今朝も山住居の話をはじめました。この小林区署には、ほかにまだ山林属《さんりんぞく》が一人、技師が一人、主事が八人とかいるそうですが、二人は暑中休暇で半月ばかり帰省しているのと、他の三人は近村の山林の巡回に出ているのとで、当時ここに住んでいるのは関井さんの夫婦と雇い人の六助老爺と、ほかに五人だということでした。

「わたくしもここへ来てからもう三年になります。山林生活にはすっかり馴れてしまいましたから、別に寂しいとも不自由とも思いませんけれど、一つ所に長くいるといけません。そのうちに、どこへか転勤しようと思っています。どうで猿か熊のように山から山を伝って歩くのですが、どうも一つ所はいけません。またほかの山を探そうと思っています」

「一つ所に長くいらっしゃると、随分お飽きになりましょうが、しかしまた、違ったところへお出でになると、当分は何かと御不自由なこともございましょう」

「それもそうですが……」と、関井さんは少し考えるように眼を瞑《と》じていました。

「実際、ここらは夏涼しくって、冬もさのみ寒くもなく、まず住みいい方なんでしょうが、やはり一つ所には長く住みたくありませんよ」

「わたくしはなんにも存じませんけれど、御用はなかなかお忙しいのでございますか」

「なに、ここらは比較的に閑《ひま》な方です。土地の人気《じんき》が一体におだやかですから、盗伐《とうばつ》などという問題もめったに起こりません。ただ時々に山窩《さんか》が桐の木を伐《き》っていくぐらいのことです」

この山林には桐の木が多いので、山窩たちは時々にそれを無断で伐り出してゆく。それを監視するのはやはりこの小林区署の役目で、盗伐者を見つけると取り押さえなければならないのです。それればかりでなく、山窩のある者はここらの官舎へも食べ物などを貰いに来て、こちらが油断していると、そこらにあるものを手あたり次第に攫《と》って行くそうです。

そんな話を聞かされて、わたくしは山川の縁できのう出逢った山女捕りの女の児をまた思い出しました。あれもきっとその仲間に相違あるまいと思って、関井さんにその話をしますと、関井さんは急に真面目になったようなふうで、少し小声になって訊き返しました。

「その女の児というのは幾歳《いくつ》ぐらいでした」

「そうでございますね。わたくしにもよく判りませんでしたけれど、なんだか十三、四ぐらいのように見えました。それとも、もう少し大きいかも知れません。色の白い、顔立ちは悪くない児でございました」

「なんにも声をかけませんでしたか」

「はあ」

関井さんは黙ってうなずいて、それぎりなんにも云いませんでしたけれど、その顔色になんだか穏やかならないところがあるようにも見えました。山霧はもうだんだんに剝げて来ました。

三

朝涼《あさすず》のうちに、関井さんの夫婦はわたくしを近所の森の中や川端へ案内してくれました。東京より十度以上は違うと三津子さんのいったのも嘘ではありません。まったく朝晩は冷々《ひやびや》して単衣《ひとえもの》の上に羽織ぐらいは欲しいほどでした。路傍には名も知れないいろいろの草花が一面に咲きみだれて、それが冷たい朝霧にしっとりと湿《ぬ》れている風情は、なんともいえないほどに美しいものでした。

「わたくしは少し見廻るところがありますから、これでちょっと失礼します」

関井さんは途中でわたくし共に別れて、そこらの大きい森の中へ入って行きました。取り残された二人は、官舎の方へ徐《しずか》に戻って来ました。山の朝は気味の悪いほどに寂《しず》かで、どこかで山鳩の声が聞こえました。

「平素《ふだん》はいろいろ御不自由なこともありましょうけれども、こういう所に住んでいらっしゃるのはまったく身体の薬でございますわ」と、わたくしは足もとの草花を眺めながら云いました。

「不自由は初めから覚悟して来たのですから、それほどにも思いません」と、三津子さんは笑いながら云いました。「世間のうるさいお付合いはありませんし、そりゃ全く気楽ですわ。空気もよし、景色もよし、身体の為にはまったくいいんですけれど……。主人とも相談して、どこかほかのところへ転勤するように運動して貰おうかと思っているんです」

「関井さんもそんなことを仰しゃっておいででした」

「主人もあなたにそう申しましたか……。まったくここには忌《いや》なことがあるもんですから……」

「山窩とかいうものが沢山棲んでいるそうでございますね」

わたくしが迂闊《うっかり》と口を辷《すべ》らせると、三津子さんの顔色は急にむずかしくなりました。

「主人がそのことをお話し申しましたか」

「はあ、いろいろ困ったことをするとかいうことで……」

「困ったこともしますけれど……」と、三津子さんは低い溜め息をつきました。

「なにしろこんなところに長く住まいたくありません。いいえ、山の生活が忌《いや》になったという訳じゃ決してありません。都会の生活が恋しくなった訳でもありません。わたくしどもには山の生活の方がむしろ気楽で幸福だと思っているんですけれど、ここはどうも面白くありません。こんなところに長く住んでいるのは、わたくしども夫婦に取ってどうも良くないように思われますから、同じ山の中でもどこかほかのところへ移りたいと祈っているんです。その訳は……。あなただけにはお話し申そうかと思っていたんですけれど、こうしてお目にかかってみると、やはり思い切ってお話し申すことが出来なくなりました。いずれ後日にお判りになることがあるかも知れませんが、今度はまあなんにも申し上げますまい。人の住まないような山の奥にはまたいろいろの秘密があります」

三津子さんは寂しく微笑みました。山の奥の秘密――それが何であるか、わたくしにはもとより判ろう筈はありません。しかしその秘密には山窩と山女とが何か絡《から》んでいるのではあるまいかと、むやみに疑われてなりませんでした。

いくら親友の間柄でも、その秘密を無理にさぐり出すわけにはいきませんから、わたくしもただ黙って聴いているよりほかはありませんでした。

「しかし別にこれといって見物するところも無いんですから、長く御逗留下すったらきっと御退屈なさるでしょうね」と、三津子さんは、わたくしの顔を覗きながら云いました。

「いいえ。わたくしもこういう静かなところが大好きでございますから、十日や半月では決して飽きるようなことはございません。お天気のいい日にはこうして散歩でもしていますし、雨でも降った日には久し振りであなたのピアノでも伺いますから」

「ピアノはせっかく持って来ましたけれど……。こちらへ来た当座は五、六たび弾《ひ》いてみたこともありますけれど……。あんなものを弾くと、猿や狼が集まって来ていけませんから、この頃はただ飾って置くだけです」

「この山には猿や狼が沢山棲んでいますか」と、わたくしは昨夜の六助老爺の詞《ことば》を思い出しながら訊きました。

「はあ。沢山棲んでいます。わたくしどもに取っては怖ろしい猿や狼が……。わたくしまったくこの山にいるのは忌ですわ」

その猿や狼というのが本当の獣《けもの》であるのか、またはほかの者を意味するのか、わたくしにもその判断が付きかねていると、三津子さんはまたこんなことを沁々《しみじみ》と云い出しました。

「あなたの前でこんなことを申すのも何ですけれど、関井はほんとうに良い人です。ほんとうにわたくしを愛してくれます。その点ではなんにも不足はありません。わたくしは幸福な人間だと思っています。どんなことがあっても、わたくしは関井に背いて、この山を降りようとは思いません。人の妻として、わたくしがそれだけの決心をもっていることは、あなたも記憶していてください」

　さっきから三津子さんのいうことは、すべて一種の謎のようで、わたくしには何がなんだか一向に判りません。そこにいわゆる「山の秘密」が含まれているのでしょう。ここにこうして幾日も逗留している間には、自然にその秘密の扉をひらく鍵を握ることが出来るかも知れない。そう思って、わたくしはやはり黙って聞いていました。

　家へ帰ったのは、もう十一時に近い頃で、三津子さんはすぐにまた午《ひる》の御飯の支度にかかりました。その間に、わたくしは東京の家やお友達にあてた手紙を書き始めました。

　あしたの午後には六助老爺が村へゆくといいますから、それに頼んで郵便局へとどけて貰おうと思っていました。お午頃になっても、関井さんはまだ帰って来ないので、わたくしは三津子さんと二人で御飯を済ませました。

　手紙をみんな書いてしまったのは午後一時頃で、さすがに日の中はかなりに暑くなりました。わたくしはその手紙を持って、六助老爺の小屋へ出てゆきますと、小屋の中には老爺のほかにもう一人の姿が見えました。

　この小屋は母屋から相当の距離を取って、背中あわせに建てられたもので、家のまわりにはやはり大きい桐の木が五、六本、あたかも日蔭を作るように掩《おお》っていました。入口は三坪ばかりの土間になっていて、その正面に四畳半ぐらいの一間が見えました。土間にはお風呂のたき物にでもするかと思うような枯れ枝が積んでありました。

　わたくしは何心なくその土間に片足踏み込んで、家の中を覗いて見ますと、老爺は切株のようなものに腰をかけて、小さい鉈《なた》で枯れ枝を余念もなくおろしていました。それから少し離れて、一人の女の児が高く積まれた枯れ枝の幾束に倚《よ》りかかって、これもじっと鉈の光を見つめていました。その女の児は藤蔓に鰓《えら》を通した五、六尾《ぴき》の山女を提げていました。それをひと目みると、わたくしはなぜか知らず俄にぞっとしました。

　女の児は昨日の夕方、山川の石の上で山女を捕っていた児に相違ありません。して見ると、六助老爺に昨夜叱られていたのも恐らくこの児であったろうと想像されました。

「おお、いらっしゃいまし」

六助老爺は鉈をやすめて、笑いながらわたくしに挨拶しました。

「あの、あしたは何かの御用で村の方へおいでなさるそうですね」

「はあ。まいります」と、云いながら老爺はわたくしの手に持っている郵便に眼をつけました。

「ああ、郵便でございますか。よろしゅうございます。たしかにお預かり申しました」

「どうぞ願います。葉書と封書と両方で五通ありますから」

こんなことを云っている間、女の児はやはり黙ってじっと我々を見つめていました。老爺はそれに気がついて、急にその児の方に向き直りました。

「それ、お客様がおいでだから、もう帰れ、帰れ。山女はきょうも要らねえ。さあ、真っ直ぐに帰るんだぞ。奥の方へ行ってうろうろするんじゃねえぞ。いいか」

女の児はなんにもいわずに素直に出てゆくと、老爺は門口《かどぐち》へ出て、その後ろ姿をちょっと見送って、またすぐに内へ入って来ました。

「今度は突然に出ましていろいろ御厄介になります」と、わたくしはお土産のしるしに幾らかのお金をつつんで老爺にやりました。

「こりゃどうも恐れ入ります」

吃驚したような顔をしてお礼をするのを見ても、この老爺の朴訥《ぼくとつ》なことが察せられます。わたくしは思わずそこにある枯れ枝のひと束に腰をおろして、打ち解けて老爺に話しかけました。

「あの児はどこの児です」

「どこの児だか判りませんよ」と、老爺は苦笑いをしていました。「どこかに親も兄弟もあるんでしょうが……」

「やっぱり山窩とかいうんですか」

「そうですよ。ここらの山の中にはあんな者が棲んでいて、時々に村へ降りて行っていろいろの悪さをして困りますよ」

「山女を売りに来たんですか」

「なに、売りに来たんじゃありません。ああして自分の捕ったのを持って来てくれるんですよ」

「その代わりにこっちでも何か食物でもやるんですか」と、わたくしはまた訊きました。

「なにか食物をやることもありますが……。毎日のようにうるさく来るので、この頃は相手にならずに追い返してしまうんです。考えてみりゃあ可哀そうのようでもありますけれど……」

「まったく可哀そうですわね」

「毎日ああして山女を捕って来てくれるんですからね。まったく涙が出るように可哀そうなこともありますけれども、どうにもこうにも仕様がありません。あんな者のことですから、そのうちにはまたどうにかなりますよ」

小娘に老爺はひどく同情しているような口吻《くちぶり》もみえます。わたくしはこの老爺の口から山の秘密をなにか探り出したいと思ったので、なにげなしにまた訊きました。

「あの児はなんという名です」

「名なんか知りませんよ。たびたびここへ来ますけれど、名前なんか訊いてみたこともありません。当人も知らないかも知れません」

「いくつぐらい、もう十三、四でしょうね」

「いや、もう十六、七かも知れませんよ。奴等はみんな身体が小そうございますからね。ええ、そうです。どうしても十六ぐらいにはなっていましょうよ」

「そうですかねえ。まるで子供のように見えますけれど、もうそんなになるんですかねえ。あの娘はここへ来て、別に何も悪いことをするんじゃないでしょう」

「悪いことはしません」と、老爺はうなずいた。「以前は悪いことをして、ここの旦那につかまったこともあるんですが、この頃はちっとも悪いことはしません。ただぼんやりとここへ来て突っ立っているんです。考えると可哀そうですよ」

老爺は繰り返してあの娘に同情するようなことを云いました。娘が自分のせっかく捕った魚をなぜ持って来てくれるのか判りません。娘と山女とそれがいつまでも一種の謎でありました。

表に靴の音が聞こえたので、老爺もわたくしも伸び上がって見ますと、関井さんは額の汗を拭きながら帰って来ました。

「お帰んなさいまし」と、二人は一度に声をかけました。

「やあ」

関井さんはちょっと立ち停まって、老爺とわたくしの顔を仔細ありそうに見較べていましたが、そのまま奥へ入ってしまいました。

四

お話し上手のかたですと、これだけの筋道をもっと掻いつまんで要領を得るようにお話しが出来るのでございましょうが、わたくしの癖で、なんでも自分の見た通り、聞いた通りをありのままにお話し申さなければ、気が済まないように思われるもんですから、詰まらないことをついだらだらと長くなってしまいました。さてこれからが本当の本文《ほんもん》でございますから、もう少々御辛抱を願います。

少なくも半月ぐらいはここに滞在している筈のわたくしが、たった五日目に早々立ち去ることになりました。というのは、わたくしが東京を発ちました翌日から、母が急病でどっと倒れまして、初めはほんの暑さ中《あた》りだろうぐらいに思っていたのですが、急性腸胃加答児《カタル》という医師の診断に驚かされて、兄からわたくしのところへ電報を打ってよこしたのでございます。

山の中ですから、その電報を遅くうけ取って、気が気でないわたくしは慌てて東京へ帰ることにしました。ほかの事と違いますから、三津子さん夫婦も無理に引き留めるわけにもゆかないので、しきりに残念がりながら山の下まで送って来てくれました。六助老爺も荷物を持って停車場まで一緒に来ました。

　わたくしの逗留している間に、その後も老爺の小屋で二度ばかりあの娘の姿を見ましたが、なにぶんにも短い滞在でしたから、いわゆる「山の秘密」とかいうようなものは結局なんにも判りませんでした。

　母の病気は一時なかなかの重体で、わたくしどももずいぶん心配いたしましたが、幸いに翌月の初旬には全快しました。その間に三津子さんからたびたび見舞の手紙をくれましたので、こちらからもいよいよ全快のことを報せてやりますと、大層喜んでいるという返事が来まして、もう一度出直して来ないかと誘われましたが、そうもいかない事情もありますので、来年かさねてお訪ね申しますと云ってやりました。

　秋になって、三津子さんから紅葉を観ながら遊びに来いとまた誘われましたが、わたくしはやはりお断りをして行きませんでした。すると、十一月の中頃に関井さんが突然訪ねて来て、こんなお話がありました。

「わたくしは今度いよいよ他の土地へ転勤することになりました。今度は千葉県の暖いところですから、寒くなったら避寒かたがた是非お遊びにお出でください。三津子もしきりに申しておりました」

関井さんはその転勤のことについて、突然東京へ出て来ることになったので、二、三日の後には再び元の山へ帰って、十二月はじめに官舎を引き払うということでした。

「千葉県へ移るについては、どうしても東京を通過しなければなりませんから、三津子もその節にお伺い申すかも知れません」

こう云って、関井さんはその日は早々に帰ってしまいました。

あの御夫婦がどこへか転勤を希望していることは、わたくしもよく知っていますので、別に不思議ともなんとも思いませんでした。かえって御夫婦のためには好都合であろうと喜んでいました。わたくしはすぐに三津子さんのところへ手紙を出して、御転勤をお祝い申してやりました。

その手紙が三津子さんの手に届いたか、まだ届かないかと思われる頃に、わたくしはある朝の新聞紙上で飛んでもない怖ろしい記事を発見しました。

その記事はその地方の電話に拠《よ》ったもので、ほんの七、八行の簡単なものでしたけれど、わたくしは雷《らい》に撃たれたように驚かされました。小林区署長の奥さんの関井三津子さんは、主人が公用で出京している留守中に、何者にか惨殺されたというのです。

わたくしはその新聞をじっと見つめているうちに、なんだか頭がぼうとなってほとんど卒倒しそうになりました。まったく夢のようで、しばらくは泣くことも出来ませんでした。三津子さんは誰に殺されたのでしょう。どうして殺されたのでしょう。

わたくしは無理に気を落ち着けて、だんだん考えてみますと、この七月の末に三津子さんから聞かされた謎のような話や、六助老爺から聞かされた山窩の娘のこと、藤蔓に吊るした山女のこと、それやこれやが廻り灯籠のように頭の中をくるくると廻転して来ました。

「あの娘が三津子さんを殺したんじゃないかしら」

わたくしは何という理屈もなしに、そんなことを考えました。そうして、取りあえず関井さんの宿へ電話をかけますと、関井さんは今朝の一番汽車でもう出発したということでした。なんにしても、もう落ち着いてはいられないので、わたくしは母や兄に相談して、すぐに関井さんの後を追っ掛けてゆくことにしました。

三津子さんの死に顔も早く見たいと思いましたのと、もう一つにはその最期のありさまも委《くわ》しく知りたいと思ったからです。一度経験のある旅行ですから、わたくしは一人で汽車に乗って、相変わらず寂しい田舎の停車場に降りました。陰って薄ら寒い日で、三津子さんの今まで住んでいた山の形も、きょうは灰色の雲に掩われていました。

あいにくに人車《くるま》は一台も見えないので、わたくしも途方にくれました。ぐずぐずしていて、途中で日が暮れては大変だと思いましたから、わたくしは一生懸命になって歩き出しました。町を突っ切って、見おぼえのある田圃路へ出ようとする時に、横合いから不意に声をかけられました。

「村上さんのお嬢さん」

それは六助老爺でした。老爺は死体を始末するために棺桶や何かを注文して、これから山へ帰るところでした。いい路連れが出来たので、わたくしもほっとしました。老爺は次の村へ行って人車を探してやるから、そこまで一緒に歩いて行けと云いました。

「どうも飛んだことで、ほんとうに吃驚してしまいました」と、わたくしは歩きながら云いました。「奥さんはどうなすったのでしょう。一体、誰が殺したんです。」

「一昨日の午過ぎでしたよ。わたくしが後ろの山へ枯れ枝を拾いに行って、一時間ばかり経って帰って来て、それから枝を伐《おろ》そうと思うと、土間に置いた筈の鉈が見えねえ。どうしたのかと思って探していると、その鉈は小屋の外の桐の木の下に捨ててありました。見ると、鉈には血が付いている。わたくしははっと思って奥へ駈けて行ってみると、奥さんが血だらけになって座敷の縁側に倒れていました。あなたも御存知でしょう。八畳の座敷には奥さんのピアノが据え付けてあります。奥さんはこの頃めったにピアノを弾いたことはなかったのですが、その日に限ってピアノを弾いていたのが、わたくしの小屋までよく聞こえました。わたくしが山へ行く時までピアノの音は聞こえていましたから、奥さんが余念もなしにピアノを弾いているところへ、後ろから誰かがそっと忍んで行って、鉈で脳天をぶち割ったに相違ありません。座敷の畳にもピアノの台にも生々しい血の痕が付いていました。奥さんは驚いて障子を蹴放して縁先へ転げ出すところを、また追っ掛けて行って滅茶苦茶になぐって……。おまけに喉笛に啖《くら》いついて……。わたくしの行ったときには、奥さんはもう息が絶えていました。それですから、顔も頭も胸のあたりも一面に血だらけで、そりゃもうふた目と見られないような酷《むご》たらしい……。わたくしも実にぞっとしてしまいましたよ」

老爺がぞっとしたのは無理もありません。その話を聞いただけでも、わたくしは総身の血が一度に凍ってしまいました。

「それで、殺した者は知れないんですか」

「知れませんよ。みんな巡回に出ていて、誰もいない留守のことですから」と、老爺の詞《ことば》は少し途切れました。

「あの、もしや山窩とかの娘じゃありませんかしら」

わたくしが思い切ってこう云いますと、老爺はじろりと横目で睨んだばかりで、しばらく黙っていましたが、やがてしずかに云い出しました。

「お嬢さん。あなたは奥さんから何かお聞きでございましたか」

「いいえ、別に……。けれども、何だかそんなような気がしてならないんです。ほんとうにそうじゃありませんかしら」

「そうかも知れませんよ」と、老爺は唸るように云いました。「あなたがそう仰しゃるならば云いますが、わたくしもそうじゃないかと思っています。こんなことを仕出来《しでか》して、あいつも可哀そうですけれど、奥さんは猶更《なおさら》お可哀そうですよ。奥さんはまったくなんにも御存知ないんですから」

この前にもそうでしたが、この老爺の云い振りはなんだか奥歯に物が挟まっているようで、焦れったくってなりません。ことに今の場合にそんな謎のようなことを聞かされては堪まりません。

わたくしはもう苛々《いらいら》して来て、老爺の胸ぐらを捉《と》らないばかりにして、無理無体に根掘り葉掘りの詮議をしますと、老爺も仕舞《しま》いには根負けがしたらしく、とうとうこれだけのことを白状しました。

その話によりますと、例の山窩の娘はときどきに老爺の小屋へ食物を貰いに来ていました。それがだんだんに増長して、老爺の留守に奥の方まで忍んで行って、なにか盗み出そうとするところを、ちょうど居合わせた関井さんに見つけられたのです。

見付けられて、つかまえられて……。それからどうしたのか判りませんが、その後はあの娘がこの官舎へうるさく来るようになりました。老爺の小屋へも来るのですが、奥の方へもたびたび忍んで行くのです。そんなことが小一年もつづいているうちに、去年の夏から三津子さんという新しい奥さんがここへ乗り込んで来ました。その以来、娘は奥の方へ行かなくなりました。奥へゆくと、叱って追い出されるので、いつでも小屋へ来て黙ってしょんぼりと立っているのです。老爺は可哀そうに思いますけれども、どうにも仕様がありませんでした。

ここらの山川には山女という魚が棲んでいて、それが山住居の人には唯一の旨いお魚でした。前にもお話し申した通り、ここらの山に住んでいるものは、藤蔓をわがねて其の魚を捕るのが上手で、あの娘もそうして捕った魚を今までも度々持って来てくれましたが、新しい奥さんが来た後もその魚だけは、やはり持って来てくれました。

お金をやっても食物をやっても受け取らないで、ただ黙ってその魚をくれて行くのでした。それが老爺にはなんだか惨《いじ》らしくも思われるので、叱ったり諭《さと》したりして、たびたび断るのですけれど、どうしても肯《き》きません。その娘の持って来た魚を、関井さんもはじめは喜んで喫べたのですが、新しい奥さんが来てからは一切喫べなくなりました。現にわたくしに御馳走してくれたフライの山女も、あの娘が持って来たのでないということをよく確かめてから、お料理に取りかかったくらいでした。

娘は殆んど毎日のように老爺の小屋へ姿を見せていましたが、別に乱暴を働くわけでもなく、ただ黙って突っ立っているばかりでした。しかし不思議なことには、奥でピアノの音が聞こえると、それをじっと聴いているうちに、なんだか眼の色が怪しく輝いて来て、一度はそこにある枯れ枝をつかみ出して行って、奥の縁側へだしぬけに投げ込んだことがありました。その以来、この官舎でピアノの音は絶えてしまったそうです。

それらの事情から考えると、ことにその兇器を小屋の中から持ち出したのをみると、奥さんを殺した犯人はどうもあの娘であるらしいと六助老爺は鑑定しているのでした。

ただここに一つの疑問は、どうで殺すくらいならば今日まで一年あまりもなぜ猶予していたかということで、その理屈がどうも判りません。あるいは関井さんの夫婦が近々にここを立ち去るということを知って——それもどうして知ったのか判りません。

六助老爺は決してしゃべった覚えはないといっていました——。急に妬《ねた》ましさが募って来て、ふだんから憎んでいる奥さんを殺そうと思い立ったのか。それとも、久し振りでピアノの音を聴いて、不意にむらむらと殺意を起こしたのか。なにぶんにも相手が相手ですから、普通のわれわれの考えでは確かにこうという見極めは付きそうもありません。いずれにしても、三津子さんは世に悼ましい生贄《いけにえ》でありました。

山窩の娘については、三津子さんもその秘密を知っていたに相違ありません。それはわたくしと一緒に散歩に出たときの口ぶりでも想像されます。その当時は一種の謎のようで、頭の悪いわたくしには何がなんだか一切夢中でしたが、今となって考えればその謎もだんだんに解けて来るように思われます。

そういう事情があるので、関井さんも三津子さんも早くこの山を立ち去りたいと祈っていたのでしょうが、それがかえって禍《わざわい》の基《もと》になったのかも知れません。

この話の間に、わたくしどもは長い寒い田圃路をゆきぬけて次の村の入口へ辿り着くと、六助老爺はそこらの百姓家をたずねて、一台の人車をようよう見付けて来てくれました。

もうその先のことは別に申し上げるまでもありますまい。三津子さんの酷《むご》たらしい死骸は火葬にして、わたくしどもはその遺骨を護って東京へ帰りました。

関井さんは千葉県へゆくのを止めて、すぐに辞職してしまいました。問題になった山窩の娘はどうしたか判りません。人の知らないところへ行って、身でも投げたか、首でも縊《くく》ったか。それとも平気で生きているか。そんなことはいっさい判りません。

五《ご》色《しき》蟹《がに》

一

私はさきに「山椒《さんしよう》の魚《うお》」という短い探偵物語を紹介した。すると、読者の一人だというT君から手紙をよこして、自分もかつて旅行中にそれにやや似た事件に遭遇した経験をもっているから、何かの御参考までにその事実をありのままに御報告すると云って、原稿紙約六十枚にわたる長い記事を送ってくれた。

T君の手紙にはまたこんなことが書き添えてあった。――私はまだ一度もあなたにお目にかかったことがありません。したがって何かよい加減の出鱈目《でたらめ》を書いて来たのではないかという御疑念があるかも知れません。この記事に何のいつわりもないことは私が、誓って保証します。私はただあなたに対して、現在の世の中にもこんな奇怪な事実があるということを御報告すれば宜《よろ》しいのです。万一それを発表なさるようでしたら、どうかその場所の名や、関係者の名だけは、然《しか》るべき変名をお用いくださるようにお願い申して置きます。

あながち材料に窮《きゆう》している為でもないが、この不思議な物語を私一人の懐中《ふところ》にあたためて置くのに堪《た》えられなくなって、私はその原稿に多少の添削を加えて、すぐに世の読者の前に発表することにした。ただしT君の注文にしたがって、関係者の姓名だけは特に書き改めたことを最初《はじめ》に断っておく。場所は単に伊豆地方としておいた。伊豆の国には伊東、修善寺《しゅぜんじ》、熱海《あたみ》、伊豆山をはじめとして、名高い温泉場が沢山あるから、そのうちの何処《どこ》かであろうと宜しく御想像を願いたい。T君の名も仮に遠泉《とおいずみ》君として置く。

遠泉君は八月中旬《なかば》のある夜、伊豆の温泉場の××館に泊まった。彼には二人の連れがあった。いずれも学校を出てまだ間もない青年の会社員で、一人は本多《ほんだ》、もう一人は田宮《たみや》、三人のうちでは田宮が最も若い二十四歳であった。

遠泉君の一行がここに着いたのはまだ明るいうちで、三人は風呂にはいって宿屋の浴衣《ゆかた》に着かえると、すぐに近所の海岸へ散歩に出た。

大きい浪《なみ》の頽《くず》れて打ち寄せる崖《がけ》の縁を辿っているうちに、本多が石の間で美しい蟹《かに》を見つけた。蟹の甲には紅《あか》やむらさきや青や浅黄の線が流れていて、それが潮水に湿《ぬ》れて光って、一種の錦《にしき》のように美しく見えたので、彼等は立ち止まって珍しそうに眺めた。五色《ごしき》蟹だの、錦蟹だのと勝手な名をつけて、しばらく眺めていた末に、本多はその一匹をつかまえて自分のマッチ箱に入れた。蟹は非常に小さいので大きいマッチの箱におとなしく入ってしまった。

「つかまえてどうするんだ」と、ほかの二人は訊《き》いた。

「なに、宿へ持って帰って、これはなんという蟹だか訊いて見るんだ」

マッチ箱をハンカチーフにつつんで、本多は自分の懐《ふところ》中に押し込んで、それから五、六町ばかり散歩して帰った。宿へ帰って、本多はそのマッチ箱を卓袱台《ちゃぶだい》の下に置いたままで、やがて女中が運び出して来た夕飯の膳にむかった。

そのうちに海の空ももう暮れ切って、涼しい風がそよそよと流れ込んで来た。三人は少しばかり飲んだビールの酔いが出て、みな仰向《あおむ》けに行儀わるくごろごろと寝転んでしまった。汽車の疲れと、ビールの酔いとで、半分は夢のようにうとうとしていると、隣の座敷で俄《にわか》にきゃっきゃっと叫ぶ声がするので、三人はうたた寝の夢から驚いて起きた。

隣座敷には四人連れの若い女が泊まりあわせていた。みな十九か二十歳《はたち》ぐらいで東京の女学生らしいと、こちらの三人も昼間からその噂をしていたのであった。遠泉君の註によると、この宿は土地でも第一流の旅館でない。どこもことごとく満員であるというので、よんどころなしに第二流の宿に入って、しかも薄暗い下座敷へ押し込まれたのであるが、その代わりに隣座敷には若い女の群れが泊まりあわせている。これで幾らか差し引きが付いたと、本多は用もないのに時々縁側に出て、障子をあけ放した隣座敷を覗いていたこともあった。

その隣座敷で俄に騒ぎ始めたので、三人はそっと縁側へ出て窺うと、湯あがりの若い女達もやはり行儀をくずして何か夢中になってしゃべっていたらしい。その一人の白い脛《はぎ》へ蟹が突然に這《は》いあがったので、みな飛び起きて騒ぎ出したのであった。

もしやと思って、こっちの卓袱台の下をあらためると、本多のマッチの箱は空《から》になっていた。彼はその箱をハンカチーフと一緒に押し込んで置いて、ついそのままに忘れていると、蟹は箱の中からどうしてか抜け出して、おそらく縁伝いに隣へ這い込んだのであろう。

そう判ってみると、本多はひどく恐縮して、もう一つにはそれを機会に隣の女達と心安くなろうという目的もまじっていたらしく、彼はすぐに隣座敷へ顔を出して、正直にその事情をうち明けて、自分達の不注意を謝まった。その事情が判って、女達もみな笑い出した。

それが縁になって、臆面《おくめん》のない本多は隣の女連れの身許《みもと》や姓名などをだんだんに聞き出した。彼等は古屋為子、鮎沢元子、臼井柳子、児島亀江という東京の某女学校の生徒で、暑中休暇を利用してこの温泉場に来て、四人が六畳と四畳半の二間を借りてほとんど自炊同様の生活をしているのであった。

「あなた方は当分御滞在でございますか」と、その中で年長《としかさ》らしい為子が訊いた。

「さあ。まだどうなるか判りません」と、本多は答えた。「しかし今頃はどこへ行っても混雑するでしょうから、まあ、ここに落ち着いていようかとも思っています。われわれはどの道、一週間ぐらいしか遊んでいることは出来ないんですから」

「さようでございますか」と、為子はほかの三人と顔を見あわせながら云った。「わたくし共も二週間ほど前からここへ来ているのでございますが、御覧の通り、この座敷はなんだか不用心でして、夜なんかは怖いようでございます」

いくら第二流の温泉宿でも、座敷代と米代と炭代と電灯代と夜具代だけを支払って、一種の自炊生活をしている女学生らに対して、この真夏にいい座敷を貸してくれる筈《はず》はなかった。

彼女等の占領している二間は下座敷のどん詰まりで、横手の空地《あきち》には型ばかりの粗《あら》い竹垣を低く結《ゆ》いまわして、その裾には芒《すすき》や葉鶏頭《はげいとう》が少しばかり伸びていた。彼女等が忌《いや》がっているのは、その竹垣の外に細い路があって、それが斜《はす》にうねって登って、本街道の往還《おうかん》へ出る坂路につながっていることであった。

もし何者かがその坂路を降りて来て、さらに細い路を斜めにたどって来ると、あたかもかの竹垣の外へゆき着いて、さらにまたひと跨《また》ぎすれば易々とこの座敷に入り込むことが出来る。田舎のことであるから大丈夫とは思うものの、不用心といえばたしかに不用心であった。ことに若い女ばかりが滞在しているのであるから、昼間はともかく夜が更けては少し気味が悪いかも知れないと思いやられた。

その隣へ、こっちの三人が今夜泊まりあわせたので、彼女等はよほど気丈夫《きじょうぶ》になったらしく見えた。そうなると、こちらもなんだか気の毒にもなったのと、相手が若い女達であるのとで、むしろここで一週間を送ろうということになった。

「それがいい。どこへ行っても同じことだよ」と、本多は真っ先にそれを主張した。

あくる朝、三人が海岸へ出ると、隣の四人連れもやはりそこらを歩いていて、一緒になって崖の上の某社《あるやしろ》に参詣した。四人の女のうちでは、児島亀江というのが一番つつましやかで、顔容《かおかたち》もすぐれていた。三人の男と列《なら》んでゆく間も、彼女はほとんど一度も口を利かないのを、遠泉君達はなんだか物足らないように思った。こっちの三人の中では、田宮が一番おとなしかった。

昼のうちは別に何事もなかった。ただ午後になって、本多が果物を沢山に注文して、遠慮している隣の四人を無理に自分の座敷へよび込んで、その果物を彼女等に馳走《ちそう》して、何かつまらない冗談話などをしたに過ぎなかった。日が暮れてから男の三人は再び散歩に出たが、女達はもう出て来なかった。

「田宮君、君はけしからんよ」と、本多は途中でだしぬけに云い出した。「君はあの児島亀江という女と何か黙契《もっけい》があるらしいぞ」

「児島というのはあの中で一番の美人だろう」と、遠泉君は云った。「あれが田宮君と何か怪しい形跡があるのか。昨夜の今日じゃあ、あんまり早いじゃないか」

「馬鹿を云いたまえ」

田宮はただ苦笑をしていたが、やがてまた小声で云い出した。

「どうもあの女はおかしい。僕には判らないことがある」

「何が判らない。」と、本多は潮の光で彼の白い横顔をのぞきながら訊いた。

「何がって……。どうも判らない」

田宮はくり返して云った。

二

日が暮れてまだ間もないので、方々の旅館の客が涼みに出て来て、海岸もひとしきり賑《にぎ》わっていた。その混雑の中をぬけて、三人が今朝参詣した古社の前に登りついた時、田宮はあとさきを見返りながら話し出した。

「僕はいったい臆病な人間だが、昨夜は実におそろしかったよ。君達にはまだ話さなかったが、僕は昨夜の夜半《よなか》、かれこれもう二時ごろだったろう。なんだか忌《いや》な夢を見て、眼が醒《さ》めると汗をびっしょりかいている。あんまり心持ちが悪いからひと風呂はいって来ようと思って、そっと蚊帳《かや》を這い出して風呂場へ行った。君達も知っている通り、ここらは温泉の量が豊富だとみえて、風呂場はなかなか大きい。入口の戸をあけてはいると、中には湯気がもやもやと籠っていて、電灯の光も陰《くも》っている。なにしろ午前二時という頃だから、おそらく誰もはいっている気遣いはないと思って、僕は浴衣をぬいで湯風呂の前へすたすたと歩いて行くと、大きい風呂の真ん中に真っ白な女の首がぼんやりと浮いて見えた。今頃入っている人があるのかと思いながらよく見定めると、それは児島亀江の顔に相違ないので、僕も少し躊躇したが、もう素っ裸になってしまったもんだから、御免なさいと挨拶しながら遠慮なしに熱い湯の中へずっと入ると、どういうものか僕は急にぞっと寒くなった。と思うと、今まで湯の中に浮いていた女の首が俄に見えなくなってしまった。ねえ、僕でなくっても驚くだろう。僕は思わずきゃっと声をあげそうになったのをやっとこらえて、すぐに湯から飛び出して、碌々《ろくろく》にぬれた身体も拭かずに逃げて来たんだが、どう考えてもそれが判らない。今朝になって見ると、児島亀江という女は平気で朝飯を食っている。いや、僕の見違いでない、たしかにあの女だ。たといあの女でないとしても、とにかく人間の首が湯の中にふわふわと浮いていて、それが忽ちに消えてしまうという理屈がない。いくら考えても、僕にはその理屈が判らないんだ」

「君は馬鹿だね」と、本多は笑い出した。「君は何か忌な夢を見たというじゃあないか。その怖いこわいという料簡があるもんだから、湯気の中に何か変なものが見えたのさ。海の中の霧が海坊主に見えるのと同じ理屈だよ。さもなければ、君があの女のことばかりを考えつめていたもんだから、その顔が不意と見えたのさ。もしそれを疑うならば、直接にあの女に訊いてみればいい。昨夜の夜半に風呂へ行っていたかどうだか、訊いて見ればすぐ判ることじゃないか」

「いや。訊くまでもない。実際、風呂に入っていたならば、突然に消えてしまう筈がないじゃないか」と、遠泉君は傍から喙《くち》を出した。「結局は夢まぼろしという訳だね。おい、田宮君。まだそれでも不得心ならば今夜も試しに行って見たまえ」

「いや、もう御免だ」

田宮が身を竦《すく》めているらしいのは、暗いなかでも想像されたので、二人は声をあげて笑った。暗い石段を降りて、もとの海岸づたいに宿へ帰ると、隣の座敷では女達の話し声が聞こえた。

「おい、田宮君。昨夜のことを訊いてやろうか」と、本多は囁いた。

「よしてくれたまえ。いけない、いけない」と、田宮は一生懸命に制していた。

表二階はどの座敷も満員で、夜の更けるまで笑い声が賑かに聞こえていたが、下座敷のどん詰まりにあるこの二組の座敷には、わざわざたずねて来る人のほかには誰も近寄らなかった。廊下を通う女中の草履《ぞうり》の音も響かなかった。かの竹垣の裾からは虫の声が涼しく湧き出して、音もなしに軽くなびいている芒の葉に夜の露がしっとりと降りているらしいのが、座敷を洩れる電灯の光に白く輝いて見えた。

三人は寝転んでしゃべっていたが、その話のちょっと途切れた時に、田宮は吸いかけの巻き莨《たばこ》を煙草盆の灰に突き刺しながら、俄に半身を起こした。

「あ、あれを見たまえ」

二人はその指さす方角に眼をやると、縁側の上に、一匹の小さな蟹が這ってい
た。それは、昨夜の蟹と同じように、五色に光った美しい甲を持っていた。田宮
は物にうなされたように、浴衣の襟をかきあわせながら起き直った。

「どうしてあの蟹がまた出たろう」

「昨夜の蟹は一体どうしたろう」と、遠泉君は云った。

「なんでも隣の連中が庭へ捨ててしまったらしい」と、本多は深く気に留めない
ように云った。

「それがそこらにうろ付いて、夜になってまた這い込んで来たんだろう」

「あれ、見たまえ。また隣の方へ這って行く」と、田宮は団扇《うちわ》でまた指さした。

「はは、蟹もこっちへは来ないで隣へ行く」と、本多は笑った。「やっぱり女の
いるところの方がいいと見えるね」

遠泉君も一緒になって笑ったが、田宮はあくまでも真面目であった。彼は眼を
据えて蟹のゆくえを見つめているうちに、美しい甲の持ち主はもう隣座敷の方へ
行き過ぎてしまった。きっとまた女達が騒ぎ出すだろうと、こっちでは耳を引き

立てて窺っていたが、隣ではなんにも気がつかないらしく、やはり何かべちゃべちゃと話しつづけていた。

「御用心、御用心」と、本多は隣へ声をかけた。「蟹がまた這い込みましたよ」

隣では急に話し声をやめて、そこらを探し廻っていたらしいが、やがて一度にどっと笑い出した。彼等は蟹を発見し得ないので、本多にかつがれたのだと思っていたらしかった。

本多は起きて縁側に出て行った。そうして、たしかに蟹が入り込んだことを説明したので、四人の女達はまた起ち上がって座敷の隅々を詮索すると、蟹は果たして発見された。蟹は床の間の上に這いあがって、女学生の化粧道具を入れた小さいオペラバッグの上にうずくまっていた。そのバッグは児島亀江のものであった。蟹は本多の手につかまって、低い垣の外へ投《ほう》り出された。

蟹の始末もまず片付いて、男三人は十時ごろに蚊帳にはいった。隣座敷もほとんど同時に寝鎮まった。宵のうちは涼しかったが、夜の更けるに連れてだんだんに蒸し暑くなって来たので、遠泉君はひと寝入りしたかと思うと眼がさめた。襟ににじむ汗を拭いて蒲団の上に腹這いながら煙草を吸っていると、隣に寝ていた本多も眼をあいた。

だろう」

「いやに暑い晩だね」と、彼は蚊帳越しに天井を仰ぎながら云った。「もう何時

枕もとの懐中時計を見ると、今夜ももう午前二時に近かった。いよいよ蒸して来たので、遠泉君は手をのばして団扇を取ろうとする時に、隣座敷の障子がしずかにあいて、二人の女がそっと廊下へ出てゆくらしかった。遠泉君も本多も田宮の話をふと思い出して、たがいに顔を見あわせた。

「風呂へ行くんじゃあないかしら」と、本多は小声で云った。

「そうかも知れない」

「丁度昨夜の時刻だぜ。田宮が湯の中で女の首を見たというのは……」

「して見ると、隣の連中は混みあうのを嫌って、毎晩夜半に風呂へ行くんだ」と、遠泉君は云った。「田宮は昨夜も丁度そこへ行き合わせたんだ。湯の中に女の首なんぞが浮き出して堪まるものか」

「田宮を起こして、今夜も嚇《おど》かしてやろうじゃないか」

「よせ、よせ。可哀そうによく寝ているようだ」

二人は団扇をつかいながら煙草をまた一本吸った。一つ蚊帳のなかに寝ている田宮が急に唸り出した。

「おい、どうした。何を魘《うな》されているんだ」

云いながら本多は彼の苦しそうな寝顔をのぞくと、田宮は暑いので搔巻《かいま》きを跳ねのけていた。仰向けに寝て行儀悪くはだけている浴衣の胸の上に小さい何物かを発見したときに、本多は思わず声をあげた。

「あ、蟹だ。さっきの蟹が田宮の胸に乗っている」

これとほとんど同時に、風呂場の方角で消魂《けたたま》しい女の叫び声が起こった。家内が寝鎮まっているだけに、その声が四辺《あたり》にひびき渡って、二人の耳を貫《つらぬ》くように聞こえた。

「風呂場のようだね」

風呂場には隣の女二人が入っていることを知っているので、一種の不安を感じた遠泉君はすぐに飛び起きて蚊帳を出た。本多もつづいて出た。

二人はまず風呂場の方へ駈けてゆくと、一人の女が風呂のあがり場に倒れていた。風呂の中にはなんにも見えなかった。ともかくも水を飲ませてその女を介抱《かいほう》しているうちに、その声を聞きつけて宿の男や女もここへ駈け付けて来た。

女は表二階に滞在している某官吏《かんり》の細君であった。この人も混雑を嫌って、正午ごろに一度、夜半に一度、他の浴客の少ない時刻を見はからって入浴するのを例としていた。今夜はいつもより少し遅れて丁度二時を聞いたころに風呂場へ来ると、湯の中に二人の若い女の首が浮いていた。自分と同じように夜更けに入浴している人達だと思って、別に怪しみもしないで彼女も浴衣をぬいだ。そうして、湯風呂の前に進み寄った一刹那《せつな》に、二つの首は突然消えてしまったので、彼女は気を失う程に驚いて倒れた。

昨夜の田宮の話が思い出されて、遠泉君はなんだか忌な心持ちになった。しかし本多はそれが迷信でも化け物でもない、自分の隣座敷の女二人が確かに入浴していたに相違ないと云った。それにしても人間二人が突然に消え失せる筈はないので、風呂番や宿の男どもが大きい湯風呂の中へ飛び込んで隅々を探してみると、若い女二人が湯の底に沈んでいるのを発見した。

女二人は確かに入浴していて、あたかもかの細君が入って来た途端に、どうかした機《はずみ》で湯の底に沈んだらしい。二つの首が突然に消え失せたように見えたのは、それがためであった。すぐに医師を呼んでいろいろと手当てを加えた結果、ひとりの女は幸いに息を吹き返したが、ひとりはどうしても生きなかった。

生きた女は古屋為子であった。死んだ女は児島亀江であった。

為子の話によると、二人が湯風呂の中にゆっくり浸っていると、なんだか薄ら眠いような心持ちになった。と思う時に、入口の戸をあけて誰か入って来たらしいので、湯気の中から顔をあげてその人を窺おうとする一刹那、自分と列《なら》んでいる亀江が突然に湯の底へ沈んでしまった。あッと思うと、自分も何物にか曳《ひ》かれたように、同じくずるずると沈んで行った。それから後は勿論《もちろん》なんにも知らないというのであった。

三

亀江の検死は済んで、死体は連れの三人に引き渡された。三人はすぐに東京へ電報を打って、その実家から引き取り人の来るのを待っていた。為子は幸いに生き返ったものの、あくる日も床を離れないで、医師の治療を受けていた。

遠泉君の一行も案外の椿事《ちんじ》に驚かされて、隣座敷の女達のために出来るだけの手伝いをしてやった。田宮は気分が悪いといって、朝飯も碌々に食わなかった。

「あの、まことに恐れ入りますが、どなたかちょっと帳場まで……」と、女中がこっちの座敷へよびに来た。

遠泉君はすぐに起って、旅館の入口へ出てゆくと、駐在所の巡査がそこに腰をかけて番頭と何か話していた。

「なにか御用ですか」

「いや、早速ですが、少しあなた方におたずね申したいことがあります」と、巡査は声を低めた。

「御承知の通り、あなた方の隣座敷の女学生が湯風呂の中で変死した事件ですが、どうしてあの女学生が突然に湯の中へ沈んでしまったのか、医者にもその理由が判らないというんです。どうも急病でもないらしい。といって、滑って転ぶというのも少しおかしい。そこで、あなたのお考えはどうでしょうか。あの児島亀江という女学生は、同宿の他の三人と折り合いの悪かったような形跡は見えなかったでしょうか。それとも何かほかにお心当たりのことはなかったでしょうか」

四人のうちでは一番の年長《としかさ》で、容貌《きりよう》もまた一番よくない古屋為子が、最も年若で最も容貌の美しい児島亀江と、一緒に湯風呂のなかに沈んだのは、一種の嫉妬かあるいは同性の愛か、そういう点について警察でも疑いを挟んでいるらしかった。しかし遠泉君は実際なんにも知らなかった。

「さあ、それはなんとも御返事が出来ませんね。隣り合っているとはいうものの、なにしろ一昨日の晩から初めて懇意になったんですから、あの人達の身の上にどんな秘密があるのか、まるで知りません」

「そうですか」と、巡査は失望したようにうなずいた。「しかし警察の方では偶然の出来事や過失とは認めていないのです。もしこの後にも何かお心付きのことがありましたら御報告を願います」

「承知しました」

巡査に別れて、遠泉君は自分の座敷へ戻ったが、児島亀江の死――それは確かに一種の疑問であった。相手が若い女達であるだけに、それからそれへといろいろの想像が湧いて出た。田宮がその前夜に見たという女の首のことがまた思い出された。

四人連れの一人は死に、一人はどっと寝ているので、あとに残った元子と柳子の二人は途方に暮れたような蒼い顔をして涙ぐんでいるのも惨《いじ》らしかった。さすがの本多もきょうはおとなしく黙っていた。田宮は半病人のような顔をしてぼんやりしていた。

夕方になって、警官がふたたび帳場へ来て、なにか頻《しき》りに取り調べているらしかった。警察の側では女学生の死について、何かの秘密をさぐり出そうと努めているのであろう。それを思うにつけても、遠泉君は一種の好奇心も手伝って、なんとかしてその真相を確かめたいと、自分も少しくあせり気味になって来た。

その晩は元子と柳子と遠泉君と本多と、宿の女房と娘とが、亀江の枕もとに坐って通夜をした。田宮は一時間ばかり坐っていたが、気分が悪いといって自分の座敷へ帰ってしまった。

元子と柳子とは押し黙って、ただしょんぼりと俯向いているので、遠泉君は彼女等の口からなんの手がかりも訊き出すたよりがなかった。こうして淋しい一夜は明けたが、東京からの引き取り人はまだ来なかった。

徹夜のために、頭がひどく重くなったので、遠泉君は朝飯の箸をおくと、一人で海岸へ散歩に出て行った。

女学生の死はこの狭い土地に知れ渡っているとみえて、往来の人達もその噂をして通った。遠泉君は海岸の石に腰をかけて、沖の方から白馬の鬣毛《たてがみ》のようにもつれて跳《おど》って来る浪の光を眺めているうちに、ふと自分の足もとへ眼をやると、かの五色の美しい蟹が岩の間をちょろちょろと這っていた。田宮の胸の上にこの蟹が登っていたことを思い出して、遠泉君はまたいやな心持ちになった。彼はそこらにある小石を拾って、蟹の甲を眼がけて投げ付けようとすると、その手は何者かに摑まれた。

「あ、およしなさい。祟《たた》りがある」

驚いて振り返ると、自分の傍には六十ばかりの漁師らしい老人が立っていた。

「あの蟹はなんというんですか」と、遠泉君は訊いた。

「あばた蟹といいますよ」

美しい蟹に痘痕《あばた》の名はふさわしくないと遠泉君は思っていると、老いたる漁師はその蟹の名の由来を説明した。

今から千年ほども昔の話である。ここらに大あばたの非常に醜《みにく》い女があった。あばたの女は若い男に恋して捨てられたので、彼女は自分の醜いのをひどく怨《うら》んで、来世は美しい女に生まれ代わって来るといって、この海岸から身を投げて死んだ。彼女は果たして美しく生まれかわったが、人間にはなり得ないで蟹となった。あばた蟹の名はそれから起こったのである。

そうして、この蟹に手を触れたものには祟りがあると云い伝えられて、悪戯の子供ですらも捕えるのを恐れていた。ことに嫁入り前の若い女がこの蟹を見ると、一生縁遠いか、あるいはその恋に破れるか、必ず何かの禍をうけると恐れられていた。

明治以後になって、この奇怪な伝説もだんだんに消えていった。あばた蟹を恐れるものも少なくなった。ところが、十年ほど前に東京の某銀行家の令嬢がこの温泉に滞在しているうちに、ある日ふとこの蟹を海岸で見付けて、あまり綺麗だというので、その一匹をつかまえて、なんの気もなしに自分の宿へ持って帰った。宿の女中も明治生まれの人間であるので、その伝説を知りながら黙っていると、そのあくる晩、令嬢は湯風呂の中に沈んでしまった。

その以来、あばた蟹の伝説がふたたび諸人の記憶に甦《よみがえ》ったが、それでも多数の人はやはりそれを否認して、令嬢の変死とあばた蟹とを結び付けて考えようとはしなかった。

「そんなことを云うと、土地の繁昌にけちを付けるようでいけねえが、その後にもそれに似寄ったことが二度ばかりありましたよ」と、彼は付け加えた。

八月の朝日に夏帽の庇《ひさし》を照らされながら、遠泉君は薄ら寒いような心持ちでその話を聴いていた。

漁師に別れて宿へ帰る途中で、遠泉君は考えた。一昨日その蟹をつかまえたのは本多である。しかも現在のところでは、本多にはなんの祟りもないらしく、蟹はかえって隣座敷へ移って行った。

一旦投げ捨てたのがまた這いあがって来て、かの児島亀江のオペラバッグの上に登った。彼女はこの時にもう呪われたのであろう。彼女が湯風呂の底に沈んだのは、為子の嫉妬でもなく、同性の愛でもなく、あばた蟹の祟りであるかも知れない。それにしても、四人の女の中でなぜ彼女が特に呪われたか、彼女が最も美しい顔を持っていた為であろうか。それともまだ他に仔細があるのであろうか。

遠泉君は更に彼女と田宮との関係を考えなければならなかった。一昨日の晩、田宮が風呂場で見たという女の首はなんであろうか、それが果たして亀江であったろうか。昨夜も本多が垣の外へ投げ出した蟹が、ふたたび這い戻って来て田宮の胸にのぼると、彼は非常に魘《うな》された。かの蟹と田宮と亀江と、この三者の間にどういう糸が繋がれているのであろうか。遠泉君は田宮を詮議してその秘密の鍵を握ろうと決心した。

宿の前まで来ると、かれは再び昨日の巡査に逢った。

「やっぱりなんにもお心付きはありませんか」と、巡査は訊いた。

「どうもありません」と、遠泉君は冷やかに答えた。

「古屋為子がもう少し快くなったら、警察へ召喚《しょうかん》して取り調べようと思っています」と、巡査はまた云った。

警察はあくまでも為子を疑って、いろいろに探偵しているらしく、東京へも電報で照会して、かの女学生達の身許や素行の調査を依頼したとのことであった。遠泉君は漁師から聞いたあばた蟹の話をすると、巡査はただ笑っていた。

「ははあ、私は近ごろ転任して来たので、一向に知りませんがねえ」

「御参考までに申し上げて置くのです」

「いや、判りました」

巡査はやはり笑いながら首肯いていた。彼が全然それを問題にしていないのは、幾分の嘲笑《ちょうしょう》を帯びた眼の色でも想像されるので、遠泉君は早々に別れて帰った。

午後になって、東京から亀江の親戚がその屍体を引き取りに来た。屍体はすぐに火葬に付して、遺髪と遺骨とを持って帰るとのことであった。その翌日、元子は遺骨を見送って東京へ帰った。柳子はあとに残って為子の看護をすることになった。柳子は警察へ一度よばれて、何かの取り調べをうけた。警察ではあくまでも犯罪者を探り出そうとしているのを、遠泉君は無用の努力であるらしく考えた。

田宮はその以来ひどく元気をうしなって、半病人のようにぼんやりしているのが、連れの者に取っては甚《はなは》だ不安の種であった。為子はだんだんに回復して、遠泉君らが出発する前日に、とうとう警察へ召喚されたが、そのまま無事に戻された。出発の朝、三人は海岸へ散歩に出ると、かのあばた蟹は一匹も形を見せなかった。

東京へ帰ってからも、田宮はひと月以上もぼんやりしていた。彼は病気の届けを出して、自分の会社へも出勤しなかったが、九月の末になって世間に秋風が立った頃に、久し振りで遠泉君のところへ訪ねて来た。この頃ようよう気力を回復して二、三日前から会社へ出勤するようになったと云った。

「君はあの児島亀江という女学生と何か関係があったのか」と、遠泉君は訊いた。

「実はかつて一度、帝劇の廊下で見かけたことがある。それが偶然に伊豆でめぐり逢ったんだ」

「そこで、君はあの女をなんとか思っていたのか」

田宮は黙って溜め息をついていた。

◎**底本一覧**

はしがき　『慈悲心鳥』国文堂書店（大正九年九月刊）
山椒の魚　〃
剣　魚　〃
医師の家　〃
ぬけ毛　〃
椰子の実　〃
狸の皮　〃
娘義太夫　〃
狸　尼　〃
蛔　蟲　〃
河　鹿　『綺堂読物集　第三巻（近代異妖篇）』春陽堂（大正十五年十月刊）
父の怪談　〃
山の秘密　『綺堂読物集　第四巻（探偵夜話）』春陽堂（昭和二年五月刊）
五色蟹　『岡本綺堂読物選集5　異妖編　下巻』青蛙房（昭和四十四年六月刊）

＊「山椒の魚」は「山椒魚」と表記した本もありますが、本書では底本にならいました。

光文社文庫

妖異探偵小説集
旅《りょ》情《じょう》夢《む》譚《たん》
著者　岡《おか》本《もと》綺《き》堂《どう》

2025年2月20日　初版1刷発行

発行者　三宅貴久
印刷　萩原印刷
製本　ナショナル製本

発行所　株式会社　光文社
〒112-8011　東京都文京区音羽1-16-6
電話（03）5395-8147　編集部
8116　書籍販売部
8125　制作部

落丁本・乱丁本は制作部にご連絡くだされば、お取替えいたします。
ISBN978-4-334-10570-9　Printed in Japan

組版　萩原印刷